モンドリアンはどっちなんだ?
何が?
シェラはいいの?
何が?
黒髪の子と銀髪の子とどっちがいいんだ?
ヴィクターがルウとつきあうことになってもいいの?

クラッシュ・ブレイズ

ソフィアの正餐会

茅田砂胡

Sunako Kayata

C★NOVELS Fantasia

口絵 鈴木理華
挿画
DTP ハンズ・ミケ

1

聖ソフィア学院の中等部二年はその日、転校生を迎えることになっていた。

この学校に転入生なんて極めて珍しいことだから、どこからともなくその情報は生徒の間に伝わって、今朝はどの教室もこの話題で持ちきりだった。

どんな子がどんな理由で転入して来るのだろうと、少女たちはひそひそ囁《ささや》きあっている。

聖ソフィアは上流社会の子弟が多いことで有名な惑星ツァイスでも指折りの高級学校《ハイクラス・スクール》だ。

学費を払えば誰でも受け入れる連邦大学のような節操のない学校と違い、第一に生徒の家柄《いえがら》と血統を何より重視している。生徒の親にどれだけの財力と地位があっても成り上がりでは入学は許されない。

当然、転入という事態もあり得ないはずだから、生徒たちの反応は冷ややかだった。

「多額の寄付金を積んだのよ、きっと」

「いやだわ。そんな人がここに通うの？」

お揃《そろ》いの制服を着た少女たちが顔をしかめている。

つい一昨日にも一年に転入生が来たばかりなので、余計に風当たりが強い。名門の聖ソフィアがなぜ、そんな方針転換をするのかと怪《あや》しんでいるのだ。

とは言え、この学校はそう簡単に転校生を認める学校ではない。万に一つ転校を希望する要請があり、現在は受け入れ生徒の数に余裕があるなどの理由で学校側がその気になった場合も、面接担当者が当の子どもはもちろん、保護者とも面談し、本人の適性、能力、生活環境、趣味に至るまで綿密に吟味《ぎんみ》する。

普通の入学でも、この手順は変わらない。

家柄を重視する学校には違いないが、単に名家の子女というだけでも入学させてもらえないのだ。

生徒たちも皆それを知っている。

まして学期の変わり目にやってくるならともかく、途中で入学してくるのは極めて珍しい。

それだけに生徒たちも興味津々《しんしん》なのだった。

始業時間前の鐘《かね》が鳴ると、生徒は全員着席して、先生がやって来るのを静かに待った。十三、四歳の少女たちばかりとは思えない行儀《ぎょうぎ》の良さだ。

別名、花嫁修業学校と言われるほど、礼儀作法もきちんとしつけられる女学校ならではである。

やがて踝《くるぶし》まで隠れる裾《すそ》の長い紺《こん》のドレスという、古風な衣裳《いしょう》を身につけた中年女性が教室に現れた。一時間目の授業を受け持つバイエル教務主任だ。

この学校は教師陣も全員が女性である。

生徒たちは先生が教室に入ってくると会釈《えしゃく》する決まりだったが、今朝は誰も先生を見ていなかった。

教室中の眼は先生の傍《そば》にいた少女に、いっせいに注《そそ》がれていたのである。

そこに立つ姿を眺《なが》めるだけで吐息が洩《も》れるような——花をもあざむくばかりの美少女だった。

垂らした漆黒《しっこく》の髪に対して肌の色は信じられないくらい白い。透き通るようだ。瞳《ひとみ》は夏の海のようなさわやかな青に輝き、頰《ほお》は薔薇色《ばらいろ》に匂い立っている。

生身の人とは思えないほどの美貌《びぼう》に、生徒たちの口から自然と抑えきれない感嘆の声が洩れた。

「——静かに。転校生を紹介します」

黒髪の美少女は一歩進み出ると、親しげな微笑を浮かべて教室の少女たちに一礼した。

「今日から皆さまと一緒に学ぶことになりました、アルシンダ・クェンティと申します。彫金と声楽を専攻に取る予定です。よろしくお願い致します」

落ちついた、理知的な口調だった。身のこなしも悠然《ゆうぜん》たるものだ。たったこれだけの自己紹介でも、才気も礼儀も際だっていることを感じさせる。

同じ制服を着た少女たちは懸命に動揺を押し隠し、代表して級長のエリカ・グレイムが立ち上がって、自己紹介の後、こちらこそよろしくと挨拶《あいさつ》を返した。

「ようこそ、聖ソフィアへ。あなたを歓迎します、

アルシンダ」

まっすぐに背を伸ばしたエリカの口調はちょっと勝ち気に聞こえるが、表情を緩《ゆる》めて笑顔をつくるとなかなか可愛らしい印象になる。

黒髪の美少女もにっこり笑って言った。

「わたくしのことはどうかルウと呼んでくださいな。ずっとそう呼ばれていたものですから」

「いいわ、ルウ。わたくしはエリカ。よろしく」

このクラスは一学級が十二人という小さな教室だ。

生徒は次々に立ち上がり、短い自己紹介をした。

転校生はそのたびに一人一人ににっこり微笑み、その飾らない笑顔に生徒たちは好印象を抱いた。

ここまで桁《けた》外れの美貌だと、同年代の少女たちも嫉妬《しっと》と羨望《せんぼう》を通り越して感嘆するしかないらしい。

転校生は用意された席に着き、授業が始まった。

意外にも聖ソフィアの授業風景は生徒たちの声が絶えることはない。礼儀作法に厳しい学校とは言え、授業中にただ黙っておとなしくしていることは逆に評価を下げることになるからだ。

生徒たちは積極的にどんどん発言して質問するし、先生も生徒からの行動を歓迎して評価する。

転校生は在校生の誰より授業に対して興味を示し、バイエル先生を質問攻めにした。

授業が終わると移動時間である。

この時の生徒は全員が文法の教室に移動したので、エリカを筆頭に、少女たちはさっそくアルシンダを取り巻いて情報収集に取り掛かった。

「ルウはどちらのご出身なの？」

少女は少し恥ずかしそうに答えた。

「惑星チェレスタというところです。田舎《いなか》ですから、ご存じかどうか……」

辺境からやって来る生徒は珍しくないが、確かに生徒たちの誰も聞いたことのない星の名前だった。

今度は転校生のほうから話し掛けてきた。

「エリカはもしかしてエストリアのご出身かしら？確かあちらのアルデバラン地方にグレイム家という

古い家柄のお家《うち》があったと思うのですけど……」

その通りだったから、少女たちがちょっと驚いた顔を見合わせていると、転校生はさらに別の少女に眼をやって言った。

「ヴァネッサはこのツァイスのご出身だそうですが、もしかしたら、美術評論家のライエンベルク教授はご親戚の方かしら？　あの方の著作はいくつか拝見させていただいたことがあります」

尋ねられたヴァネッサ・ライエンベルクは眼鏡の奥の眼を驚きに見張り、思わず眼鏡を治した。

「それは確かに伯父《おじ》だけど、よくご存じね。伯父の書くものはずいぶん専門的なのに」

「そんなことないわ。とても興味深くて、最後までおもしろく読めました」

ヴァネッサは見るからに理知的な少女だった。

自分でも頭の良さを誇っているだけに知能の低い人間とは対等に話せないと思う傾向があるわけだが、この相手に対しては素直に賞賛の眼差しを向けた。

「ルウの話を伯父が聞いたらきっと喜ぶわ。伯父は自分の書くものをもっと若い人の間にも広げたいと思っているから」

「あら、年齢は関係ないと思います。教授の著作に触れることで真の審美眼が養われるもの」

少女は微笑して生徒たちの顔を優しく見渡した。

「わたくし、皆さまのことはまだ何も知らないので、いろいろと不躾《ぶしつけ》に尋ねることを許してくださいね。——セシリア、メリザンド、ヴァイ、トゥルーリー、チェリッシュ、ユージェニー、ローズ、スティーナ、パール、ライラ」

一人一人の顔を見つめながら名前を呼んでいく。

驚いたことに、この転校生はさっきの少女たちの自己紹介を一度で覚えてしまったらしい。

それが社交界の当然の礼儀であるとはいうものの、自分たちの年齢で実践できる人はなかなかいない。

感心すると同時に、在校生のほうが不躾な質問に終始した。

「ルウのお父さまは何をしていらっしゃるの？」

「さあ、父の仕事のことはよく知らないの。うちは昔からチェレスタ政府に何かと助力はしているようですけど――それが何か？」

アルシンダの家柄がどの程度《ランク》なのか気になるのだとは生徒たちは言わず、もう少し突っ込んで尋ねた。

「不勉強でごめんなさい。チェレスタはどのくらい歴史のある国なのかしら？」

「開国してまだ四百年ほどだから、新しい国です」

「あなたのお家はずっとチェレスタに？」

「ええ。祖先は第一期の移民だったの。以来ずっと我が家はチェレスタの発展に大きく関わってきたと、父はそれだけは自慢できるといつも言ってるわ」

「ルウのお父さまは政治家なのかしら？」

「いいえ。父は選挙に出たことはありませんもの。政治家の方とのおつきあいは多いようですけど」

「昔から？」

「ええ。今の大統領も父の親しいお友だちですから。優しい小父《おじ》さまで、わたくしも小さい頃からかわいがってもらっていました。うちにいらっしゃる時はわたくしにも忘れずにおみやげを持ってきてくれて。奥さまもとってもすてきな方よ」

おっとりと控えめな口調だが、特筆すべきはその言い方だった。

大統領と知り合いであることを自慢するわけでは決してない。昔から自宅に出入りしていた、小さな娘にまで手みやげを忘れない、言い換えれば頻繁《ひんぱん》に父の元にご機嫌伺《うかが》いに来ていた小父さまが結果的に大統領になったのだと端的に事実を説明している。

この言葉は本物だと少女たちは直感的に思った。

なんでも中産階級や労働者層の娘たちの中には、現実を認めまいとするあまり（もしくは違う世界に強い憧《あこが》れを抱いてなのか）、

「あたしは本当は王族の血を引くお姫さまなの」

「父は何百年も続く公爵家の知り合いなの」

など、とんでもない法螺《ほら》を吹く者がいるらしいが、

そんなものは調べれば本当かどうかすぐにわかる。

そして、こんな低次元の嘘《うそ》を言う娘がこの学校に転入を許されるはずはないのだ。

クラスの生徒たちはそのことでこの転校生を認め、ある程度の『親近感』を抱いたと言ってもいい。たとえ聞いたことのない辺境の国だろうと名家の出身だということが大事なのである。

そんなわけで休み時間の度に少女たちは転校生を囲んでおしゃべりに花を咲かせて、午前中の授業が終わる頃にはすっかり打ち解けてしまった。

昼食時には生徒たちは食堂に移動する。

食堂は校舎のすぐ脇にあるが、聖ソフィア学園は広大な敷地を誇る学校だ。八棟の寮の他に映画館や体育館、図書館に美術館、水泳の施設など百以上の建物が敷地の中に点在している。

聖ソフィアの生徒総数は十三歳から十八歳までの少女たちおよそ三百四十人だ。

たったそれだけの生徒のためにこれだけの施設を調えているわけだが、生徒一人一人の個性と能力に合わせて教育課程を組むのは当然とされている。

そのため施設以上に充実しているのが教職員だ。

現在の聖ソフィアの教師は六十五人。

実に、生徒五人に対して一人の割合である。

そのほとんどが修士号博士号を持つ優秀な人材で、校内に住み、生徒と寝食を共にしている。

時には一人の生徒のために外部から専門の先生をわざわざ招聘《しょうへい》することもあるくらいだから、金を掛ければかなう施設の充実など楽なものだ。

エリカは視界に入るそれらの建物を説明しながらルウを食堂へ案内して行った。

「だけど、転校生が二人も続くなんて珍しいわ」

「あら、わたくしの他にも？」

「ええ、一年生だけど、とってもきれいな子なの。わたくしとは同じ寮だから紹介しましょうか？」

「お願いします。わたくしも途中入学者ですから、きっと仲良くできるわ」

エリカたちの他にも点在する校舎から生徒たちが続々と食堂に集まってきた。

聖ソフィアの生徒は皆同じ食堂で食事を摂《と》る。大声を出したり騒いだりは論外だが、一言も声を出さずに黙々と食べるのも却って礼儀に反する。周囲の人たちと和《なご》やかな会話を楽しむのも大事なテーブルマナーの一つだ。

学校の食事は一流ホテル並みとはいかないまでも、まず標準以上と判断できる料理が供される。

他にも食堂には購買部があり、昼食の後や休み時間に好きなものを買って食べることができる。

食事が終わるとエリカは席を立ち、アルシンダを連れて食堂内を移動した。席順が決まっているから、一年生のいる辺《あた》りもだいたい見当がつくのだろう。

「ああ、いたわ。あの子よ」

エリカが示した後ろ姿は恐ろしく特徴的だった。

近くにいる少女たちもその子が気になるようで、ちらちら様子を窺《うかが》っている。

それも当然と言えた。

腰まで流れる髪の色がいやでも眼を引く。

まるで新雪のようにきらきら輝く銀色の髪だった。

アルシンダが小声でそっとエリカに尋ねる。

「——髪を染めるのは校則違反ではなかった？」

「そう思うでしょう？　地毛なのよ、あれ」

エリカも小声で答えて、談笑している少女たちに歩み寄って話しかけた。

「ちょっとよろしいかしら？」

背中を向けていた少女は振り返って笑顔になった。

「ごきげんよう、エリカ。——そちらの方は？」

「それが、意外なことにあなたのお仲間。この人も今日わたくしのクラスに転入していらしたのよ」

銀髪の少女は眼を丸くした。その肌は陶器《とうき》のよう、瞳は紫水晶さながらのきれいな菫《すみれ》の色だ。

まるで銀細工の人形を思わせるような、これまた非の打ち所のない美少女である。

アルシンダも決して引けを取らない美貌だから、

一年生の少女たちは嫉妬する気力も失ったようで、ぽかんと二人に見入っている。

　黒髪の美少女も転校生だと聞いて、銀髪の少女は顔を輝かせて立ち上がり、丁寧《ていねい》に挨拶した。

「まあ、嬉《うれ》しい。わたくしシェリル・マクビィです。ここの方は皆さまとてもよくしてくださいますけど、やはり途中から入った身ですから……。少しばかり心細い思いをしていたところでしたの」

「わたくしもなの。よかった。学年は違いますけど、仲良くしましょうね。あなたのほうがここでは先輩なのだから、いろいろ教えていただきたいわ」

「もちろん。喜んでお役に立ちます」

「わたくしのことはどうかルウと呼んでくださいね。――あなたは、シェリー？」

「いいえ、シェラです。どうぞよろしく」

　二人はにっこり微笑みあった。

　初対面の相手に対する失礼にならない程度の好奇心を発揮して、二人は相手の顔を見つめていたが、どうやら一目で意気投合したらしい。

　特に黒髪の美少女はそうだった。思わぬところに思わぬ仲間がいてくれて嬉しいと眼が語っている。

「エリカと同じ寮というと、シェラの寮はどちらになるのかしら？」

「ウォルター・ハウスです。明日から週末ですもの。ぜひ遊びにいらしてください」

「ええ、きっと伺うわ。わたくしはウェザービー・ハウスに入ることになっているの。一度わたくしのお部屋も見に来てほしいわ」

　寮にはそれぞれ何々ハウスという名が着いている。

　学校行事では寮ごとの競争や対抗試合が多いから、それぞれの寮はまさに生徒たちの家であり、生活の拠点でもあり、生徒の結束を強める拠点でもあった。

　エリカがはしゃいだ様子で言う。

「その前に、二人とも。明日は月に一度の舞踏会よ。おめかししなきゃ」

　一年の生徒たちが口々に言ってきた。

「今もちょうどそのことを話していたところなの」

「お隣の聖トマスの生徒が大勢来るのよ」

聖トマスは男子校である。

隣と言っても、聖ソフィアに負けず劣らず広大な敷地の私学校だから直線距離にして三キロは離れているだろうが、聖ソフィアにとっては馴染みが深い。科目によっては合同で授業を行う間柄だ。

これは現在の高級私立学校――それも男女別学の学校にはよく見られる形式だった。

十代の少年少女たちにとって異性の存在は勉強の妨《さまた》げになるという意見は今も根強く、多くの知識層や父母たちに支持されているが、同時にまったく異性に接する機会を持たず（極端な話、同じ年頃の異性と口をきくこともなく）卒業させてしまうのは人間形成の観点からは逆に弊害《へいがい》が大きすぎるという考え方が近年では主流になっている。

聖ソフィアも演劇の授業や混声合唱の授業など、男子と女子両方が揃っていたほうが望ましい科目は聖トマスと合同で行っている。

クラブ活動も種類によっては男子と一緒に行うし、週末には互いの学校を訪れたりするので、知り合う機会も多いというわけだ。

しかし、異性と親しくなってもそれはあくまで『友達づきあい』に留めることが暗黙の了解となる。

全寮制の私立学校は男子校も女子校も、共学校も、男女交際には極めて厳しい態度で臨んでいる。

また実際、どの生徒も学業とスポーツに追われて異性に割く時間を取れないのが現状でもある。

聖ソフィアの一年生も聖トマスにお目当ての男の子がそれぞれいるものの、どうやって親しくなるか、まだ頭を悩ませている段階らしい。

「ハウスごとのディスコ・パーティの時には本職のディスク・ジョッキーが来るの。音楽も賑《にぎ》やかだし、ミニスカートやチューブトップでもOKよ。ただし、あんまり過激な服装は許可されないけど」

アルシンダは驚きに眼を見張った。

「ミニスカートやチューブトップ以上に過激って、どんな服を言うの？」

「わたくしも先輩から聞いただけだけど、六年生が下着のままで参加しようとしたことがあるみたい」

一年生の少女たちがきゃあっと悲鳴を上げる。

「少しお酒も呑んでいたみたいで、即刻謹慎《きんしん》処分よ。馬鹿みたいでしょう？」

そんなことで聖ソフィアの名誉を汚すなんてと、エリカが笑い飛ばす調子で話していると、別の声が割り込んできた。

「あらあら、物騒だこと。何のお話？」

声の主はまだ小さな子どもの一年生とは違って、ぐっと大人びた雰囲気だった。当の六年生らしい。

赤みがかった金髪をきれいに巻いて、顔には薄く化粧までしているが、これは別に校則違反ではない。

上級生には化粧《メイク・アップ》という授業がちゃんとある。

アルシンダを見た少女はその美貌に驚いたようで息を呑んだが、すぐに笑顔になった。

「きっとあなたが二人目の転校生ね？　初めまして。わたくしはディアーヌ・レアモン。ウェザービー・ハウスの監督生をしているわ」

つまり、ウェザービー・ハウスの最上級生の中でもっとも他の生徒たちの信頼が厚いということだ（監督生は成績優秀だけではなれない。生徒たちの投票によって決まるからである）。

自己紹介したアルシンダを、ディアーヌも一目で気に入ったらしい。この黒髪の美少女には不思議と見る人に好感を抱かせる才能があるようだった。

ディアーヌは一度シェリルを見て、アルシンダに視線を戻して話を続けた。

「ウォルター・ハウスのジュリアが先日この子にも言ったことを、わたくしも監督生として忠告するわ。聖ソフィアに転入してウェザービーの一員となった以上、あなたにはその自覚を持って行動することが求められているのよ。品位のない振る舞いは慎んでもらわなくてはならないわ」

しかし、そう言いながらディアーヌは悪戯《いたずら》っぽく笑っている。

「もちろん、あなたには、こんな注意は必要ないと思うけど、一応言っておくわね」

アルシンダは困惑顔だった。

「想像もできません。下着でディスコ・パーティに出かけたなんて……本当なのかしら？」

「その話ならわたくしも先輩に聞いたわ。レースのブラジャー一枚で男の子の前に飛び出したそうよ」

一年生たちがますます黄色い声を張り上げた。

「信じられない！」

「いやだわ、恥ずかしい」

シェリルも美しい眉《まゆ》をひそめている。

「そんな人がこの学校に通っていらしたの？」

「ええ、いやよね、本当に。だけど仕方がないのよ。その人は特例処置で入ってきた人みたいだったから。——今ではもちろんそんなことはないでしょうけど、何か政治的な配慮があったらしいわ」

「生徒の父兄から多額の寄付を受け取ったとか？」

「いいえ。そんなことじゃないの。当時の理事会がこれまでの方針を変えて、中産階級の少女たちにも門戸を開こうと考えたらしいのよ。試験的に何人か受け入れてみたんだけど、結果は芳《かんば》しくなかった」

「むしろ最悪ね」

したり顔でエリカが言う。

「ええ、学校側もさすがに失敗だったと悟ったのね。それ以来『よく知らない人』に対してはやんわりと入学をお断りしているそうよ」

ディアーヌが答えて、二人の転校生に眼をやって、にっこり微笑んだ。

「二人ともおめでとう。歓迎するわ。あなたたちはこうして転入を許されたのだから、わたくしたちに恥を掻《か》かせたりしない人に違いないわね」

「そうよ。シェラはそんなことしないもの」

元気に答えたのは一年生の少女だった。どうやら一年の間でシェリルは既にかなりの人気者らしい。

「当たり前じゃない」

そのシェリルが赤くなって言えば、アルシンダも困惑と羞恥《しゅうち》の入り交じった顔で感想を述べた。

「わたくしはまだ来たばかりですけど、それはもうこの学校の生徒としてふさわしいかどうかではなく、人としてどうかという問題ではありませんか？」

「その通りよ。考えられないわ」

エリカが言えば、ディアーヌも頷《うなず》いた。

「わたくしたちならそうでしょうけど、世の中にはそれが平気でできる人もいるのよ」

彼女たちは何も中産階級や労働者階層を卑下《ひげ》して言っているわけではない。

見下すという心の動きが既に、彼女たちには理解できないものだろう。

そうではなく、中産階級や労働者層は『自分とは違う世界の人たち』と徹底的に割り切っているのだ。

貧困に至っては嫌悪するどころか、むしろ好奇の対象になる。だからこそ慈善事業にも興味を示して熱心に行う――と言っては言い過ぎかもしれないが、貧しさも生活苦も彼女たちにとっては遥《はる》かに遠い、現実味のない社会の話には違いない。

目下のところ最大の関心事は明日の舞踏会だ。

明日は寮には関係なく、希望する生徒が参加する大きな舞踏会だとエリカは説明した。

「シェラはどんなドレスを着ていくの？」

一年生が興味津々の様子で尋ねると、シェリルはちょっと戸惑ったように答えた。

「どんなって、普通よ。薄いブルーのワンピース」

「それならわたくしは白にするわね」

アルシンダが言う。

一年生の生徒たちが白と青だけは避けなくてはと密かに思っている傍で、ディアーヌが苦笑した。

「きっとあなたたちは他の誰より目立つでしょうね。最上級生としては悔しい限りだけど」

授業時間が迫ってきたので、生徒たちはそれぞれ校舎に移動した。

一日の授業が終わると、アルシンダは同僚の子と一緒にウェザービー・ハウスに向かった。

生徒たちは基本的に二人部屋だが、アルシンダは学期の途中からの入寮である。一時的に机と寝台を運び込み、三人で一部屋を使うことになった。

同室の少女の一人は一年生でもう一人は二年生だ。

一年生はパッツィ・シアハート。

二年生はステラ・デュケイン。

二人には当然、新しいルームメイトが来ることが知らされていたが、やはり実際に相手の姿を見ると仰天したらしい。

パッツィは特に素直な性質らしく、ぽかんと眼を見張って大きな声で言ったものだ。

「びっくりした！　すっごくきれい！　可愛い！」

同年代の少女にここまで絶賛される美少女なんてそうそういるものではない。

アルシンダはこの褒《ほ》め言葉に素直に礼を言って、頭を下げた。

「わたくしのせいでお部屋が狭くなってしまうわね。ごめんなさい。来期までよろしくお願いします」

「あら、いいのよ。人数が多いほうが楽しいもの」

ステラが言えば、パッツィも熱心に同意した。

「そうよ。そんなの気にしないで。本当はミラー・ハウスに欠員があったばかりなんだけど、あなたがこっちに来てくれて嬉しいわ」

「パッツィったら。ミラーは無理よ。一昨日だって転校生が来たけどミラーには入らなかったんだから。学校もやっぱり気を使ってるのよ」

「ミラー・ハウスの子がどうかしたの？」

アルシンダが尋ねると、二人は口々に言った。

「一年生が一人、病気で学校を辞めたのよ」

「アルシンダほどじゃないけど、その子もとってもきれいな子だった。金髪で、色が白くて」

「アルシンダも声楽を取るんでしょう？　偶然よね。その子もすごく歌の上手な子だったの。ミラーの夜鳴鶯《ナイチンゲール》って言われていたのよ」

「わたくしのことはルウでいいわ。だけど、学校を辞めるなんて……。休学扱いにもできたでしょうに。もともと身体の弱い子だったの？」

「いいえ。だったら声楽なんか取れるはずないもの。詳しいことは知らないけど、心臓発作ですって」

「それを聞いた時、みんな本当に驚いたわ。だって、少し前まで元気そのものだったんだから。テニスが得意な子で、いつも遅くまで熱心に練習していたの。——だから、もしかしたら練習がきつすぎたんじゃないかってみんな言ってたわ」

「二十代のスポーツ選手が練習中にやっぱり発作を起こして、そのまま亡くなった——なんていう話もあるくらいだから。それを考えれば、あの子は命が助かっただけ運がよかったのかもしれないけれど、とても学校を続けられる状態じゃなかったのね」

「お家から人が来て荷物を全部引き取っていったわ。一ヶ月くらい前のことよ」

「仲のよかったミラーの子がお見舞いに伺いたいと申し入れたら、丁重に断られたそうよ。面会できる状態ではないからって」

「かわいそうよね。ミラーの子たち、泣いてたわ」

こんな小さな世界では大事件である。

しばらくはどの学年もこの話で持ちきりだったと二人は語った。

アルシンダもこの物語に熱心に耳を傾けていたが、ふと気になったように尋ねた。

「辞めた子と同室だった子は、今は一人なの？」

「いいえ。ここでは基本的に個室は使えないもの。わたくしたちと同じ三人部屋に移ったはずよ」

「ルウはどうして途中から入って来たの？　うちは全寮制なのに」

パッツィの無邪気な質問にアルシンダは明らかに困った顔になった。

ステラがそっと肘《ひじ》でパッツィを突ついたものの、黒髪の美少女は苦笑して首を振ったのである。

「いいのよ。別に隠す必要はないから正直に言うわ。

わたくし、今まで学校に通ったことがないの」

　これにはパッツィもステラも驚いた。

「小学校に通ったことがないの？」

「それなら勉強はずっと家庭教師に？」

「ええ。みんな優秀な家庭教師だったから不自由はしなかったけど、わたくしは一度でいいから学校に行ってみたかった。同じ年頃の友達と一緒に学んでみたかったの。だから、去年から何度も父に頼んでようやく許してもらえたの。そのせいで入学時期に間に合わなかったのね」

　二人はますます眼を丸くしてしまった。

　つまり、娘を学校に行かせる行かせないの攻防は一年以上も続いたことになる。

「ルウのお父さまはどうして娘が学校に通うことに反対するの？」

「父ではないわ。祖父なの。信じてもらえないかもしれないけど、わたくしの故郷では、昔から、女は家から出すものではないという考え方が強かったの。政局が安定しているとは言えないし、女子のための高等教育機関もないから、安全のためにもおまえは家にいるべきだって、祖父はずっと言っていたのね。祖父の気持ちもわかるのよ。でも、父は政府関係の仕事をしているわけではないのだから、わたくしが家の外に出ても命を狙われたりすることはないわ。父もそう言って、やっと祖父を説得してくれたの」

　何ともはや唖然《あぜん》とさせられる話だが、少女たちはなるほどと納得した。

「そういう意味なら、この聖ソフィアを選ぶあたり、お父さまはお目が高いわ」

「ここなら現代の女性に必要な教育も受けられるし、生徒はみんな平等だもの。ずっと昔、王位継承権を持つ王女さまが入学したこともあるけど、あくまで普通の学生として学んで卒業されたそうよ」

　アルシンダは顔を輝かせて手を打った。

「すてきね。——そうなの、わたくし、特別扱いはされたくないのよ」

「聖ソフィアではその心配はないわ。生徒はみんな平等よ。一年の転校生には会った?」

「ええ。さっき食堂で。——とってもきれいな子ね。あの子はどうして入学が遅れたのかしら?」

「やっぱりお家の事情なの。お母さまが重い病気で、どうしても側を離れられなかったんですって」

アルシンダの顔が曇った。

「……では、そのお母さまは?」

「大丈夫。お元気になったんですって。だからあの子も安心して入寮したのよ」

「まあ、よかった」

アルシンダは荷物を片づけながら二人と話を続け、やがて夕食の時間になった。

夕食後は自習時間である。

お嬢さま学校でも宿題はどっさり出されるから、せっせと勉強しないととても追いつかない。

翌日の土曜は授業はなくても、生徒たちは昼間はクラブ活動や自習に励《はげ》み、夜にはいよいよ舞踏会だ。

生徒たちのほとんどが楽しみにしている行事だが、強制参加ではない。堅苦しい集まりはいやだという生徒もいるし、勉強に専念するという生徒もいる。

こんなところでも生徒一人一人の意志と自主性を重んじているわけだ。

それでも夕食後には全校生徒のおよそ半数ほどが入念にお洒落《しゃれ》して寮を出たのである。

外は陽が暮れて外灯の灯りがほんのりと明るく、暖かい空気が気持ちいい。

舞踏会が開かれる大会堂は学院の中でもひときわ大きな建造物だった。生徒数は三百四十人、職員を含めても四百人ちょっとなのに、その大会堂は優に二千人を収容できるだけの広さがある。

普段はがらんとしているだけの殺風景な内部だが、今はちゃんと飾り付けもされ、照明も華やかに輝き、臨時雇いの給仕係が大勢働いている。

ただし、出されるのはもちろんジュースだけだ。

それぞれ着飾った少女たちが笑いさざめきながら

会場の大会堂に集まってくる。

少女たちは他の寮の友達を見ると、歓声を上げてお互いの衣裳や装飾品を褒めあった。

やがて、男子校の生徒を乗せたバスが到着した。

バスから降りてくる少年たちはみんなネクタイを締めて、ブレザーを着ている。小さな男の子たちはちょっと緊張した面持ちでいるのが可愛らしい。

音楽が流れ、舞踏会が始まった。

既に決まったお相手のいる生徒たちは手を取って颯爽《さっそう》と中央に進んで踊り始めたが、壁際に集まっておしゃべりに励んでいる子も大勢いる。

特に一、二年生の小さな生徒は先輩たちの様子を観察して、こんな場所ではどう振る舞えばいいのか熱心に学び取ろうとしている。

そしてディアーヌが言ったように、男の子たちの視線も転校生二人に集中した。

一般の学校で言うなら中等部の一、二年に当たる少年たちがぽかんと見惚《みほ》れているのは当然としても、年長の大きな生徒まで呆気にとられた様子だった。

何しろ広い会場で生徒の数も多い。

全員が二人に気づいたわけではないが、気づいた男の子たちは一人残らず心を奪われていた。

そもそも十七、八歳になった男の子は普通、十三、四歳の小さな女の子に気を惹《ひ》かれたりはしないのに、シェリルを見ると愕然《がくぜん》として眼を見張っている。

驚きから何とか立ち直ってアルシンダに気づくと、今度はぎょっとしてのけぞり、たちまち茫然《ぼうぜん》として、魂《たましい》まで持って行かれたように立ちつくしている。

実際、二人とも一見の価値はあった。

淡いブルーのワンピースはシェリルの銀色の髪と白い肌によく似合っていた。ほっそりした体つきと相まって、まるで水の妖精のような清雅な雰囲気だ。

アルシンダが着ているのは膝《ひざ》が隠れる長さの白いドレスだった。袖《そで》が透けている他は地味な意匠《デザイン》だが、彼女が立っていると、それだけで絵になる。暖かい春の夜、美しく咲いた花を月が照らしているような、ほんのりとやわらかく優艶《ゆうえん》な印象だ。髪には小さな白薔薇をちりばめた髪飾りを差している。

さぞかし踊りの申し込みが殺到するかと思いきや、少年たちは完全に圧倒されてしまったようだった。

二人とも聖ソフィアの生徒たちと楽しげに話していたので、よけいに誘いにくかったのだろう。

アルシンダは自分の寮の生徒たちと一緒だったが、四年生の一人がこんなことを言い出した。

「ねえ、知ってる？　聖トマスにも一昨日、一年に転校生があったんですって」

一緒にいた生徒が驚いて問い返した。

「どうして知ってるの？」

「五年生の子とメールしてるのよ」

生徒は外部と自由に話せる携帯端末を持つことを許されていない。通話は必ず寮内にある通話室から掛けなければならない規則になっている。

後で学校側が記録を調べて、保護者に通話代金を請求する都合があるからだ。

その代わり聖ソフィアと聖トマス内だけで通じる固定端末が一人ずつ与えられており、生徒同士なら手紙《メール》のやり取りは自由に行える。

そんなことから特別なつきあいに発展する生徒も多いらしい。

「うちにも二人、聖トマスにも一人。——転校生が流行《はや》ってるのかしらね？」

一人が冗談めかして言った時、パッツィが不意に小さく叫んだ。

「見て！　あの子！」

パッツィの視線を追ったウェザービー・ハウスの少女たちは呼吸をするのも忘れてしまった。

ウォルター・ハウスの少女たちがブレザーを着た少年数人と話をしている。

少女たちの目を釘付けにしたのはその中の一人の少年だった。他の少年たちに比べると幾分小さい。

恐らくは一年生だろう。

人をじろじろ見るのは失礼なことだが、それでも少女たちはその少年の横顔から眼が離せなかった。

そのくらい並外れた美貌だったからだ。

ステラが喘《あえ》ぐような声を洩らした。

「……ほんとに男の子？」

無理もない感想だった。その少年は聖ソフィアの少女たちの誰と見比べても群を抜いて美しい。

額《ひたい》も頬も磨《みが》き上げたようになめらかで照りがあり、血の通う大理石さながらだ。匂うような美しさとはこのことを言うのだろう。ただでさえ眼を引くのに、黄金のように輝く髪が血色も鮮やかな頬に掛かり、華麗な容貌にいっそうの花を添えている。

お洒落したはずの少女たちは気の毒に、すっかりかすんでしまっている。

かろうじて転校してきた銀髪の少女が比肩しうるくらいだった。

実際、気を呑まれている様子の少女たちとは違い、シェリル一人だけが臆する様子もなく、その少年と何か楽しそうに話している。

「シェラと一緒にいる子は？」

アルシンダも興味を持って尋ねたが、少女たちは答えるどころではない。

あんまりしげしげと、それこそ顔に穴が開くほど見つめていたので、さすがに少年も気がついた。

こちらを見た眼がちょっと大きく見開かれたのは、少女たちの中でもひときわ光っているアルシンダに眼を止めたからだろう。

仲間たちから離れてアルシンダに近づいてくると、金髪の少年はにっこり笑って話し掛けてきた。

「やあ。――似合ってるね、それ」

少年の眼はアルシンダの髪飾りを見ていた。

実際、小さな白薔薇をちりばめたカチューシャは彼女のまっすぐな黒髪によく映えている。

褒められて、アルシンダは嬉しそうに微笑んだ。

「ありがとう。これ、気に入ってるの」

ウェザービー・ハウスの少女たちは気を利かせて急いで離れたものの、どうしても気になるようで、ちらちらと二人の様子を窺っている。

　そんな周囲には構わず、少年はさらに言った。

「先月のパーティには参加してなかったんだって？　向こうでみんなが噂《うわさ》してた」

「ええ、昨日転校してきたばかりなのよ」

　少年は深い緑の眼を見張って微笑した。

「偶然だね。ぼくも一昨日転校してきたところだよ。──ヴィクター・リィ・モンドリアン」

「アルシンダ・クェンティよ。──ルウでいいわ」

　ヴィクターと名乗った少年はちょっと──かなり奇妙な顔になった。素早く辺りを見渡して、そっと声を低めて問いかけた。

「……どうしても、そう呼ばないとだめか？」

「ええ」

　少女はにっこり笑って、誰にも聞こえないような小声でつけ加えた。

「ここにいる間はね」

2

平日の放課後、ルウがのんびりと言い出した。

「ちょっとね、転校してみようと思うんだ」

相変わらず突拍子もない言い分である。

だが、この人の唐突な言動には慣れているリィは少しも慌てることなく冷静に問い返した。

「今のは言葉がおかしくないか。『転校する』ならわかるけど『転校してみる』って何なんだ？」

「だから、一時的に他の学校の生徒になってみたりしようかなーって思ってるってことなんだけど」

一緒にお茶にしているシェラが困ったような眼でリィを見た。意味は「通訳をお願いします」だ。

三人が今いるのはルウが在籍しているサフノスク大学の食堂だった。

大学生の中に中学生が二人混ざっているわけだが、成績優秀な若い生徒が大学の講義を受けに来るのは理数系ではそれほど珍しいことではない。

二人がルウに会いに来るのも初めてではないので、かろうじて人目を引かずに済んでいる状態だった。

「一時的にっていうと、戻ってくる前提なのか？」

「それはそうだよ。ここの学校、気に入ってるもん。授業はおもしろいし、学食は美味《おい》しいし」

「そこがポイントなんだ？」

「当たり前じゃない。絶対外せないポイントだよ。日替わりのケーキだって、ちゃんと本物のバターとお砂糖を使ってつくってあるんだから」

恐ろしく力が入っている。

事実、取り放題なのをいいことに、この人はそのケーキを四つも皿に乗せて眼の前に並べているのだ。甘いものの苦手なリィはその物体を見てひたすら顔をしかめている。

「——それで、転校する学校とその理由は？」

「行き先は惑星ツァイスにある名門私立校。理由は話すと長くなるんだけど、十三歳の女の子が一人、何か事件に巻きこまれたみたいでね」

惑星ツァイスは風光明媚《めいび》な観光地であると同時に連邦が認めた永世中立国でもある。

共和宇宙全域に名を轟《とどろ》かせている有名な銀行や、優秀な精密機械製造業が軒《のき》を連ねている。

それに比べると意外に知られていないことだが、ここには優れた教育機関——特に私立校が多いのだ。

「その女の子はマースの出身で、親元を離れて寮で暮らしてた。これは全寮制の学校だから当然だけど、外出日に友達と一緒に街へ遊びに行き、帰寮時間になっても戻らなかった。最後まで一緒にいた友達は彼女が急に何か買うものを忘れたと言い出したので、バスに乗る直前に別れたと言っている。——二日後、その街の病院で発見された彼女は重度の意識障害を引き起こしてた」

話すとなると見事に要点しか言わない人である。

「精神錯乱ってことか？」

「それもかなりひどい。症状としては認知症に近い。眼は開けていても何も見えていないし、聞こえない。もちろん話し掛けても反応しない。身体にはどこも異常はないのに、完全な放心状態で座り込んでいるだけなんだよ。生きたお人形さんみたいにね」

「脳機能障害の可能性は？」

「ない。身体同様、脳にも異常は見られないって、お医者さんは断言してる。原因は何か強い精神的なショックを受けたとしか考えられない」

ルウは既に二つめのケーキを平らげている。

「彼女のご両親は娘に何があったのか、何が原因で娘がこうなってしまったのか知りたがってるんだ」

リィの隣で礼儀正しく話を聞いていたシェラが、躊躇《ためら》いがちに言い出した。

「ご両親の心情はわかりますが、起こってしまったことはもう変えられません。原因を追及して時間を無駄にするより治療に専念すべきなのでは？」

「そうとも限らない。精神的なショックが原因なら、原因を突き止めれば立派に治療の役に立つよ」

リィが訊いた。

「その女の子、知り合いか？」

「ううん。全然知らない子だよ。ご両親にも会ったこともない」

さすがにリィもシェラも訝《いぶか》しげな顔になったが、ルウは身を乗り出し、声を低めて言ったのである。

「実はね、これ、クラッツェン学長の頼みなんだ」

「総合学長の？」

「うん。その子のお父さんはマースの名家の出身で、マースでも五本の指に入る有名な弁護士なんだって。お父さんは居ても立ってもいられなかったらしくて、娘の意識障害の原因を何とか調べてくれないかって学長に頼み込んだんだ。連邦大学の学長ともなれば、共和宇宙全域の教育機関に顔が利くだろうからって。それが親心ってものなのかもしれないけど、いくら何でも無茶な話だよ。連邦大学の生徒《こ》ならまだしも、他の惑星の私立校の生徒なんだから」

しかし、友人の涙ながらの頼みを無下《むげ》にもできず、学長は思いあまってルウに相談してきたのだという。

総合学長を務めるアントン・クラッツェンは連邦大学という巨大組織の——というより国家の頂点に立つ人物である。その人が一介の学生に頭を下げて頼むというのも変な話だが、それもこれもこの人がただの学生ではないからだ。

三つ目のケーキに嬉々《きき》として手を伸ばしながら、ルウは妙にしみじみと言った。

「こっちも何しろ、経歴詐称している身だからねえ。この辺で役に立っておくのもいいかなと思って」

シェラが確認するように尋ねる。

「では、その少女が在籍していた学校に入り込んで、いわば潜入捜査をなさるわけですか？」

「だけど、原因を調べるのは警察の仕事だろう？」

「無理だね。行方不明の女の子は無事に発見された。そこで事件は終了してるんだ。何より、ご両親にはことを公《おおやけ》にしたくない理由があるんだよ」

　再び声を低めてルウは言った。

「あとになって、その子の妊娠がわかったんだ」

　金銀天使は揃《そろ》って苦い顔になった。

　それなら意識障害の理由など、調べるまでもなく一つに決まっている。

「……かわいそうに」

「そう思うでしょ？　ところが、乱暴された形跡はないんだって」

「抵抗した様子がない？」

「薬か何かで眠らされたとしたら……」

「アルコール反応も薬物反応もいっさい出ていない。何より変なのは妊娠した時期でね。その子は日曜の朝に学校を出て、丸二日が過ぎてから発見されてる。だけど、医者は寮を出てから発見されるまでの間にできた子どもとは思えないって断言してる。検査をした時、彼女の妊娠は本当に成立したばかりだった。両親が念のためにと言って調べてもらって、やっとはっきりわかったくらいなんだよ」

　リィは首を傾げた。

「具体的に、どういうことなんだ？」

「彼女は外出した時に襲われて妊娠したんじゃない。その少し前、街に出かけた時には既に妊娠していた可能性が出てきたんだよ」

「つまり、校内に相手がいたということですか？」

「十三歳の女の子がねえ？　乱れてるな」

「ところが、両親に問いつめられた学校側は猛然と、なおかつ断固としてその可能性を否定した。そんなことは絶対ありえないって」

「どうしてありえないんでしょうか？」

「そうだよ。監督不行き届きを認めたくないのかもしれないけど、学校は男子禁制の尼僧院とはわけが違うんだ。ここと同じような全寮制でも外部と全然接触がないわけじゃないんだろう？」

「それはそうだけど、そこ、女子校だもん」

　二人とも眼を剝《む》いた。

「全寮制の女子校？」

「そこの生徒が妊娠ですか？」

「うん。変でしょう？　学生も職員もみんな女性で、校内にいる男は犬か猫くらいなんだから。そりゃあ確かに週末には外出もできるし、近くには男子校があって生徒同士は仲良くしてるらしいけど、問題はその先だ。その男子校の生徒が彼女の恋人だったと仮定しても、一番年上でも十八歳だ。——十三歳の女の子と十八歳の男の子が街中でホテルに入るのはちょっと難しいと思うよ」

限りなく難しいと言うべきだろう。どこの国でも青少年育成条例は徹底しているはずだからである。

しかし、年頃の少年と少女が出会ってしまえば、惹《ひ》かれ合うのは自然の摂理《せつり》というものだ。

「その女子校、男子の校内への立ち入りは？」

「さすがにふらっと立ち寄るわけにはいかないけど、行き来自体は結構ある。男子が女子校に来ることもあれば、女子が男子校に行くこともあるみたいだね。特定の授業やクラブ活動を共同でやってるから」

「だったら『絶対にありえない』なんて、それこそ言いきれないんじゃないか」

リィが指摘すれば、シェラも呆れて言った。

「自分たちに責任はないと言いたいのでしょうか」

「まあ、その辺については詳しい人が後で来るから、直接、訊いてみるよ」

この後、誰かと待ち合わせているらしい。

リィはそれでもまだ懐疑的な顔で質問した。

「もう一つ。さっきのシェラの疑問だ。乱暴された時の子どもじゃないとしたら、どうしてそのことがそんなに問題なんだ？」

それより大事なのは意識障害の原因のはずだが、ルウは首を振った。

「ご両親の気持ちはそう簡単に割り切れないんだよ。彼女は十三歳だ。合意の上で行為に及んだとしたら相手は誰だったのか。彼女を傷物にしておきながら責任逃れのために隠れているつもりなのか。何より、乱暴されたことが原因ではないとしたら、どうして彼女は自分自身を失うほどのショックを受けたのか。

——そもそも恋人がいたと仮定して、校内で乱暴された可能性はないという学校側の主張を全面的に信じていいのか。本当に合意だったのか、その相手とはその相手は彼女の意識障害には本当に関係ないのか。買い物の途中で急に口実みたいなことを言い出して、友達と別れたりするなんて、ちょっと普通じゃない。もしかしたら外出日の何日か前に彼女は乱暴されていたのではないか、それを誰にも言えなくてずっと悩んでいたのではないか。逃げるように街へ出て、それなのに当の男がそこへばったり現れたとしたら、そしてまた彼女に無体な振る舞いを強《し》いたとしたら、ぎりぎりまで張りつめていた彼女の神経はとうとう限界を迎えてしまったのではないか……。ご両親はそこまで考えちゃってるんだよ」

　リィは低く唸《うな》った。

「多少できすぎの気もしなくはないけど、ないとは言いきれない話だな……」

「でしょ？」

　学校というのは閉鎖的な空間だ。

　まして全寮制となると、外部の人間が乗り込んで聞き込みをしても詳しいことは何もわからない。

　それより内部に入り込んで生徒たちから直に話を聞いたほうが早いとルウは説明した。

「で、ものは相談なんだけど、一緒に来ない？」

「女子校に？」

「そんな無茶は言わないよ。隣の男子校に。そこに彼女のお相手がいる可能性が高いからね。」

　そっちも内部から調べたいところなんだと言って、ルウはにっこり笑った。

「だって、どうせぼくが一人で行くって言っても、許してくれないでしょ？」

「当たり前だ」

　それでなくともあんなことがあったばかりである。

　断言はしたものの、リィは困った顔だった。

「ただ、一緒に行って手伝いたいのは山々だけど、おれはそう簡単に転校するわけにはいかないぞ」

シェラも横から心配そうに口を挟んだ。

「それでなくても、あなたは三週間も無断で授業を放棄《ほうき》したばかりなんですから。ここでまた病気でもないのに何日も休むのはまずいですよ」

ルウがしたり顔で頷《うなず》いた。

「ああ、それは極めつけにまずいね。宿題の山じゃ絶対すまないね。下手したら落第だ」

「それは避けたい」

恐ろしく真剣な顔でリィは言った。

「成績なんかは最低でいいけど、停学や落第やらは絶対にまずい。アーサーはともかくマーガレットに会わせる顔がないからな」

リィは自分でいうほど成績は悪くない。頭もいい。

つい先日も、無断で授業を放棄した罰則《ペナルティ》として山のような宿題を科せられたが、睡眠時間を削《けず》ってせっせと励《はげ》んだ結果、どうにかこうにかその宿題を片づけたばかりだった。

「だけど、立て続けに休んだりしたら先生の心証がいいわけはないし、授業態度が不真面目だっていう理由で落第どころか退学もあり得るからね」

のんびりという相棒に金の天使は苦い顔になった。

「……他人事《ひとごと》みたいに言ってるけど、そもそも誰のせいでそんなことになったかわかってるのか？」

「だから言ってるんだよ。ぼくは学長の依頼で転校するわけだから、きみも調査に協力してもらうってことでどうかな？　それで学校側には便宜《べんぎ》を図《はか》ってもらえると思うから」

リィは呆れて眼を剝いた。

「そんなあくどいことをたくらんでたのか？」

「人聞きが悪いなあ。超法規的措置って言ってよ」

それも同じくらい人聞きが悪い。

シェラが苦笑して頷いた。

「では、みんなで転校しましょうか。第一の目的はその女の子の恋人を探すこと。第二にそれが可能で

あるなら、彼女の意識障害の原因を突き止めること

——以上でよろしいですか？」

「よろしいと思うけど、やっぱりシェラも来る？」

「当たり前です。あなたたち二人に働かせておいて、わたし一人に留守番していろと言うんですか？」

にっこり微笑んでいるが、眼が笑っていない。

リィが苦笑しながら言ったものだ。

「わざわざ脅《おど》かさなくても置いていきやしないよ。

——それより、転校先は女子校でいいのか？」

「どういう意味？」

「隣の男子校に彼女の恋人がいる確率が高いんなら、みんなでそっちを調べたほうが早いんじゃないか」

すると、黒い天使はにんまりと微笑した。

「制服が可愛いんだよね。その女子校」

「はあ？」

「ちょっと着てみたいんだよねえ、あの制服」

こんなことを他の大学二年生の男子が言ったら、即座に変態のレッテルを貼られてしまうところだが、この人なら本当に似合うだろうとシェラは思った。

身体を自由に変えられる、どんな姿にもなれるというのはシェラには決して理解できない感覚だが、この人にはそれが普通である。

「それに、彼女に何があったか突き止めるためには女子校に潜入したほうが早いと思うんだ」

「そうか？」

「そうですよ」

シェラもルウの意見に同意した。

「女の子は何かあればまず友達に話すものですから。有力な情報源は女子校のほうだとわたしも思います。できればそちらを担当したいくらいですが……」

「あれ、それならシェラもこっちに来る？　その間、エディは一人で寂《さび》しいかもしれないけど……」

「寂しいって何だよ」

リィは呆れ、シェラは大真面目に言ったものだ。

「そちらのほうが自分に向いているのは確かですが、性別はごまかせないでしょう。身体検査をされたら

すぐにわかってしまいます」

「その心配はないと思うよ。前もって健康診断書を提出しておけば、校内で急病にでもかからない限り、身体を調べられることはないはずだから」

シェラが身を乗り出した。

「個体識別照合はされないということですか？」

それは自動的に性別検査を兼ねている。どんなに化けても男か女かすぐわかってしまうが、ルウは笑って否定した。

「有名なお嬢さま学校だからね。生徒の親は学校を信用するし、学校は生徒の家を信用するんだよ」

「入浴は？　生徒みんなで一緒に入るんですか？」

「そんなことはない。シャワーは共同のはずだけど、使うのは一人一人別だと思うよ」

シェラは自信に満ちた顔つきで頷いた。

「わかりました。それなら何も問題はありません。わたしも女子校に転校することに致します」

「ただし、女の子と同室だけど、気づかれない？」

「ご心配なく。気づかれるようなへまは間違っても致しません」

こういうことを堂々と宣言する少年も珍しいが、シェラにとってはまさに本領発揮である。

リィはますます呆れたように苦笑した。

「じゃあ、おれは一人で男子校を担当するか」

「あんまり長く留守にするわけにもいかないからね。さっさと行ってさっさと片づけよう」

ルウも至って気楽な口調でのんびりと言ったが、急に皿と茶碗を持って立ち上がり、隣のテーブルに座り直した。

唐突な行動だが、二人とも問い返したりしない。

シェラが無言でリィの正面の席に移り、最初から二人で話していたような態勢をつくる。

学食の入口に眼をやると、二人の女学生がルウを認めて軽く手を挙げて挨拶《あいさつ》するのがわかった。

リィもシェラも、こちらへやってくる二人を隣のテーブルからさりげなく観察していた。

一人は肉感的な体つきで、陽に焼けた肌を大胆に見せる服装である。髪も派手な感じに染めている。

もう一人は色白で、ふっくらと穏やかな感じで、こざっぱりとした服は着ているものの、お洒落《しゃれ》より論文や定理に夢中という、理系に多いタイプだった。

「連れてきたわよ、ルウ」

そう言ったのは肉感的なほうだ。

リィとシェラは隣のテーブルで目立たないように小さくなりながら三人の話に聞き耳を立てていた。

声を掛けたのはサンディ。もう一人はシンシア。

サンディがルウと同じ講義を取っている学生で、ルウの頼みで同じ寮のシンシアを連れてきたらしい。

シンシアは自己紹介してルウの正面の席に座ると、穏やかな口調で言い出した。

「失礼ですが、最初にお断りさせてください。もし、ツァイスの高級学校にいた女が珍しいという理由でわたしを呼ばれたのでしたら、申し訳ありませんが、あなたのお相手をするつもりはありません」

言葉こそ丁寧《ていねい》だが、聞きようによっては恐ろしく無礼な言い分である。

サンディは呆れた眼でシンシアを見たが、ルウはおもしろそうに笑って言った。

「こんなに露骨《ろこつ》に釘を刺す人も珍しいね。じゃあ、こっちも遠慮しないで言うよ。わたしを口説《くど》こうとしても無駄よって言いたいのなら、それは考えすぎ。第一にぼくにはちゃんと好きな人がいるし、第二にきみに興味はない。興味があるのは学校なんだよ。ツァイスの高級学校に実際に通っていた人の意見を聞かせて欲しいだけなんだ」

聞きようによってはこれも相当失礼な言い分だが、意外にもシンシアはルウの言葉に安心したらしい。

笑顔になって頭を下げた。

「ごめんなさい。不躾《ぶしつけ》な物言いでしたね」

「そんなに興味本位で近づいてくる人が多いの？」

シンシアはやんわりと微笑んでいるだけだったが、サンディが馬鹿にしたような口調で代弁した。

「男の子たちと来たらこの子をブランド品みたいに思ってるのよ。ツァイス印のお嬢さまってわけ」

「手に入れると何かいいことでもあるのかな」

「さあ？　仲間うちで箔《はく》がつくんじゃない。何しろ有名な純潔娘の一人だから」

サンディは蓮《はす》っ葉《ぱ》なくらいの口のきき方をするが、ルウと同じサフノスク生だ。頭が悪いわけはない。

「シンシアもシンシアよ。馬鹿正直に断るんだから。適当につきあってみればいいのに」

「本当に男の子には興味ないのよ。高等数学を専攻するために連邦大学へ進学したんだから」

サンディは苛立《いらだ》たしげに肩をすくめている。

ルウは苦笑しながら二人の間に割って入った。

「シンシア、今日はわざわざ来てくれてありがとう。ちょっと突っ込んだ質問をするけど、それも必要なことだから怒らないで欲しいんだ。——まず最初に、連邦大学へ来て一番驚いたことって何かな？」

「たくさんあるけど……そうね。中高等生かしら。服装は自由で、外出にも許可がいらない。中学生の小さな子が、学校が終わればそのまま街へ出かけて買い物をするなんて、とても信じられなかったわ」

シンシアの物腰はいかにもお嬢さまらしかった。

机に肘《ひじ》をついて身を乗り出すようなことはなく、椅子の背もたれに身体を預けたりもしない。

きちんと背筋を伸ばして品よく座っている。

「それに寮に入った後もしばらく落ちつかなかった。同じ屋根の下で男の子が寝起きしているんだもの」

「それがもう意外？」

「ええ。中には共学校もあるけど、わたしはずっと女子校だったから」

「よかった。ちょうどいい人が来てくれて」

ルウは頷いて、真顔になった。

「この質問は決して興味本位でするわけじゃなくて、本当に疑問に思っているから教えて欲しいんだけど、もし、ツァイスの全寮制女子校の生徒が、学期中に妊娠したと聞かされたら、シンシアはどう思う？」

シンシアは眼を見張り、笑って首を振った。

「ありえないわ」

「断言できる？」

「もちろんよ。だって……機会がないもの」

「男の子と知り合う機会はあるんでしょ？」

「ええ。女子校の近くにはたいてい男子校があって、生徒同士の交流は盛んだもの」

「それなら、そこの生徒と仲良くなることも――」

「あるわ。もちろん。異性の友達がいる子は珍しくないのよ。恋人づきあいをしている子もね。ただし……なんて言えばいいのかしら、そこまで決定的なことにはならないのよ」

「肉体関係まではいかないってこと？」

「ええ」

「だけど、カップルが何組もできれば中には例外もいるんじゃないのかな。十六、七歳くらいになれば、みんな興味を持つでしょ？」

「だから、そんな機会がないんだったら」

シンシアは本当に恥ずかしそうに頰《ほお》を染めながら、声を低めて訴えた。

「だって、その……そういうことをするからには、少なくとも誰にも見られる心配のない、二人きりになれる場所が必要でしょう？」

「そりゃあ、大勢の人が見ている眼の前でっていうわけにはいかないだろうね」

「その場所がないのよ」

ものやわらかな口調でもシンシアの言葉は確信に満ちており、ルウは無言で話の先を促した。

「どこの学校でも寮は二人部屋か三人部屋だから、自室は使えない。異性を部屋に招待するには許可が必要だし、異性がいる間は部屋の扉は必ず開放して、照明もつけておかなければならない規則なの。在寮時間は学校によって多少違うけれど、だいたい二時間くらいじゃないかしら。もちろん入寮時刻と退寮時刻もその都度記録されるわ」

ルウは両手を上げげた。

「了解。少なくとも寮の自分の部屋でっていうのが絶望的なのはよくわかった。——それなら使われていない教室とか体育倉庫とかは？」

シンシアはまた笑って首を振った。

「公立校ではそういうこともあるって、報道番組で見たことがあるわ。だけど、ツァイスの私立校では無理よ。授業を……つまりサボタージュするのよね。だけど、

「公立校ではそういうこともあるって、報道番組で見たことがあるわ。授業を……つまりサボタージュするのよね。だけど、ツァイスの私立校では無理よ。授業が終わればすぐ自習か趣味の時間が始まるから、みんな急いで移動するもの。使わない教室に二人で居残ったりしたら変に思われるだけよ。逆に授業が始まっても姿を見せない生徒がいたら、先生たちが黙っていないわ」

「仮病を使って休んだとしたら？」

「ちゃんと自分の部屋でベッドに入っていることを、舎監が一時間ごとに確かめに来るわ。具合が悪くて寝ているならなおさら眼を離すわけにいかないもの。それに何か誤解しているみたいだけど、共学校でも寮は必ず男女別よ？」

どの寮でも生徒の部屋は二階より上にあるから、男子が女子寮にこっそり忍び込むことは不可能だと、シンシアは断言した。

「じゃあ、週末はどう？　ここでは珍しくないけど、男女合同のパーティはある？」

「ええ、もちろんよ。みんな楽しみにしているもの。恋人のいる子は特にそう。自分の寮に堂々と相手を招待できるから。他にも月に一度くらいの割合で、全校生徒が対象の舞踏会が開かれるわ」

ルウは何やら言いにくそうな顔だった。

「ええとね、ちょっと品のない話で悪いんだけど、大きな会場に生徒が何百人も集まるわけでしょう。そういう時に盛り上がってくると、我慢できなくて二人でトイレに——なんてことはないのかな？」

「あなたが言うのでなければ本当に下品ね」

シンシアは苦笑して、

「それも無理だと思うわ。実際に通っていた人ならみんな知ってるけど、化粧室も男女別だもの」

「それは普通どこでも別だよ？」

「違うわ。そうじゃないの。男性用と女性用とでは化粧室の設置場所が違うのよ。一つの会場の中でもどう言えばいいのかしら、全然逆方向にあるのよ」

「つまり……広間の端と端って具合に？」

「ええ、そうよ。並んでいるなんてあり得ないわ」

シンシアは急に頬を染めた。

「だから、ここへ来た当初は本当に恥ずかしかった。最初は何かの間違いかと思ったわ。よりにもよって男性用化粧室の前を通り過ぎて化粧室に入らなきゃならないんですもの」

サンディがお手上げの仕種《しぐさ》をする。

「悪いけど、あたしたちにはそれが当たり前」

ルウもさすがに驚きを隠せないでいた。

「要するに、女子が男性用化粧室の前にいるだけで――その逆でも、変に思われるわけだね？」

「ええ。男子と女子が二人でこっそり化粧室に――なんてものすごく目立つわ。何百人の生徒がいても、気づかれないようにはできないと思う」

「ちょっと待って。それじゃ、女子寮のパーティに男子が招待された場合はどうなるの？」

「来客用化粧室が一時的に男子用になるわ。ただし、女子はそこは使えない。必ず二階に上がらなくてはならない。逆に男子はもちろん二階に上がることは許されない。寮のパーティに招待する子は多くても六人か七人くらいだし、舎監の先生も参加するから、男子が二階に上がろうとしたら先生たちに丸見えよ。女子が男子寮にお邪魔する時ももちろん同じだわ」

予想以上の警戒《ガード》の堅さを次々に示されたわけだが、ルウはそう簡単に諦めようとはしなかった。

「学校の中でなかったらどうかな。外出日には街へ出ることもできるんでしょ？」

「それはますます無理よ。帰寮時間はたいてい陽が暮れる前だもの。時間までに戻らないとそれだけで停学になるのよ？　そりゃあ確かに街にはそういう場所もあるにはあるんでしょうけど、学生とわかる男の子と女の子の二人連れでは、部屋なんか取れるわけがない。どちらか一人が大人だったら身分証明書の提示を求められる。血縁関係がないとわかった時点で警察に通報されるわ」

その辺の事情は連邦大学惑星でも一緒である。

「だから学期中にそんなことをするのは絶対無理よ。どうしてもあなたの聞きたい答えを述べるとしたら、長期休暇中、実家に帰省している時くらいだわ」

「あたしはそれでも無理だと思うけど」

サンディが皮肉に言って、ルウに眼を向けた。

「あなたがどんな研究論文を書こうとしているのか知らないけど、そもそも主題《テーマ》選びが間違ってるわよ。その様子じゃあ、ツァイスの全寮制私立校の一番の売りものが何だか知らないみたいね」

「サンディは知ってるの？」

「もちろん。今時口にするのも馬鹿馬鹿しいくらい古めかしい売りものだけどね。――『純潔』よ」

ルウはきょとんとなった。

「どういう意味？」

「言葉どおりよ。当校を卒業する女子生徒はみんな処女ですっていうのが最大の売りなわけ」

「サンディ……」

シンシアが困ったような顔でサンディを見た。

「そんなこと言わないで。わたしの卒業した学校は本当にいいところだったのよ」

「わかった。言い換える。高い学費を払わせている学校側が生徒の風紀に気を使うのは当然だものね。でも、あなたの親がそれを期待して、あなたをその学校に入学させたのは間違いないでしょ。ここなら娘が悪い色に染まることはない。卒業したらすぐにお嫁に出せる立派な売りもののできあがりだって」

「サンディったら……よしてよ」

「隠さなくてもいいじゃない。私立高級学校の女子生徒は卒業と同時に結婚する、もしくは婚約する。あながちただの噂《うわさ》でもないでしょ？」

「昔はそうだったかもしれないけど、今は違うわ。

わたしのように進学する人もいるんだから」

「極めて少数派だけどね」

サンディは苦笑いしながらルウに訴えた。

「高級学校《ハイクラス・スクール》から進学した女の子がいるって聞いて、あたし最初喜んだのよ。世間知らずのお嬢さまにも、もっと経歴《キャリア》を目指す人がちゃんといるんだと思った。それなのに――この子ときたら、てんで夢見がちで、まるで数学に恋しているみたいなんだから」

「ええ、本当にそうだと思うわ」

あくまでおっとりとシンシアは言った。

「わたしは、サンディが言うように経歴《キャリア》を目指しているわけではないの。男の人に負けまいと張り合うつもりもない。――ただ、一日中、数学のことだけ考えて暮らせたら幸せだと思っている。それだけで他には本当に何もいらないのよ」

「処置なし」

サンディは一言の元に断じたが、ルウは微笑した。

「いや、そこまで言えるのは立派だと思うよ。ただ、ご両親はシンシアの進学を許してくれたのかな？」

シンシアの表情が初めて曇った。

「――許してくれたわ。わたしが強く望んだから」

額面通りには受け取れない言葉だったが、ルウはそれ以上追及しようとはしなかった。

降参してため息を吐いた。

「ありがとう、とても参考になったよ。ツァイスの私立学校で不純異性交遊に耽《ふけ》る生徒を見つけるのは極めて困難らしい」

「それは不可能だと表現したほうが適切だと思うわ。確率はゼロではないけれど、限りなくゼロに近い。すなわち事実上不可能ということに他ならない」

シンシアが言って、立ち上がった。

「もう行かなきゃ。次の授業が始まっちゃう」

ルウはサンディに向かって言った。

「お礼に今度、宿題を手伝うから」

「期待してるわ」

二人が立ち去ると、ルウは隣のテーブルの二人を振り返った。

「聞いてた？」

リィとシェラは揃って頷いた。

「男女交際にものすごく厳しいところだってことは、すごくよくわかった」

「お話を聞いている限り、確かに校内では不可能なように思えますね」

「学校側が自信満々に断言するのも無理ないよね。だけど、現実にその子は妊娠した。学校の中で」

「ちょっとした謎だな」

「じゃ、なるべく早くその謎を解きに出発しますか。まず次の休みに買い物に行こう」

女子校に転校するとなれば、服やら持ちものやらいろいろと揃える必要があるのは当然だった。

「近所で買い物すると人目を引くかもしれないから、ちょっと遠出したほうがいいだろうね」

急に奇妙な頼みごとをされてケリーは困惑した。

「悪いんだけど、次の休日に車を出してくれない？子どもだけで買い物に行くのは危ないから」

黒い天使は相変わらず要点だけしか言わないが、ケリーはその物言いには慣れている。子どもだけというのはあの二人のことだろうと推測もついたが、不思議そうに問い返した。

「おまえは？　一緒に行かないのか」

「ぼくはその時いないから。もう一つ、ダイアナにお願いがあるんだけど、いいかな？」

ルウの頼みごととは、ダイアナに何人かの人間を演じ分けて欲しいというものだった。

学長の頼みで一時的に転校することになったから、三組の保護者役を引き受けて欲しいというのである。

人物模写はダイアナにとっては朝飯前の芸当だ。

喜んで協力すると約束したが、ケリーはちょっと首を傾げる思いがした。

総合学長の頼みを無下《むげ》にできないのはわかるが、何も今この時期にと訝しく感じたのである。

通信画面に映るルウの顔は以前と少しも変わらず、穏やかに美しい。

一度完全に消滅して、細胞から構成した身体にはとても見えないが、それは自分も同じことだ。

「天使」

「なに？」

「いや……何でもない」

ケリーは珍しく言葉を濁《にご》した。

自分も関わったとはいえ、当事者ではないという思いがそうさせたのだ。

しかし、ジャスミンはその迷いを躊躇いながらもはっきりと口にした。

「人助けは立派なことだが、それは後回しにしても今は他にすることがあるんじゃないか……？」

実のところ、ケリーもその点は同感だった。

惑星ヴェロニカに残したリィを迎えに行った時、リィの横には当然のようにルウがいた。

心臓を貫かれて、その肉体は原子段階に至るまで分解されて、この世から完全に消滅したはずの人が、にこにこ笑いながら挨拶してきたのである。

ルウに対して免疫のあるケリーは苦笑していたが、ジャスミンはさすがに眼を見張っていた。

上から下まで無遠慮にその姿を眺《なが》めて、しみじみ言ったものだ。

「わたしは神は信じないが、まさにこういうことを神の御業《みわざ》というのかもしれんな」

「そんなに大げさに考えないでよ。使えなくなった身体を新しくしただけなんだから」

「それのどこが大げさでないのか理解に苦しむぞ。——これも同じ原理でつくったのか？」

夫を指さしながらの大真面目な質問である。

「理屈は同じだよ。素材は違うけど」

ルウが至って素直に答える反面、ケリーは笑いを噛《か》み殺しながらジャスミンに訊いたものだ。

「何だ。出来が気になるのかよ？」

「いいや、製造過程は今さらどうでもいい。ただし、妻として一言言わせてもらえば、隣で寝ている夫にいきなり馬だの黒豹《くろひょう》だのに化けられてしまうのは、さすがに具合が悪いんだ」

ケリーは腹を抱えて笑った。

ルウは《パラス・アテナ》の居間に落ちついて、しみじみと言ったものだ。

「今回のはほんとに参った。撃たれたと思った後は何も覚えてないんだよね。気がついたら裸《はだか》で、隣でエディが寝てた」

そのリィは真面目に相棒に言い諭《さと》したのである。

「覚えてなくてもこの船の人たちにちゃんと謝れよ。シェラにもレティーにもだ。みんな助けようとしてくれたのに、唸ったり牙を剝いたりしたんだから」

「うわあ……」

ルウは絶望的な表情で頭を抱えてしまった。

「どうも、ご迷惑をお掛けしました……」

ほとんど棒読みで、眼が泳いでいる様子を見ると、本当に記憶がないらしい。

それでも、この黒い天使は分解した自分の身体を元通りに取り戻して、平気な顔でここにいる。

リィは、ルウにとっても身体を再構成することは簡単なことではないと繰り返し念を押しているが、この様子を見る限り、どうしても簡単そうに見えてしまうのは仕方がない。

シェラとも再会を喜びあって、その場はめでたく収まったが、ルウを罠に掛けた何者かは不老不死の秘密を欲している。本拠地と思《おぼ》しき施設は爆破して消したものの、肝心の後始末が残っている。

しかし、ケリーもジャスミンも、ダイアナですら、あの宇宙拠点にいた敵の正体を知らなかった。

ルウもリィも語ろうとしなかったからだ。

大型怪獣夫婦もあえて訊かなかった。

なぜなら、これは自分たちの問題ではない。

黒と金の天使たちに売られた喧嘩《けんか》だからである。

見た目は頼りない青年と小さな子どもでも、あの二人は何度も修羅場をくぐり抜けてきている。

こんな悪辣《あくらつ》な手段で自分たちに牙を向けた相手を見逃してやるほど生ぬるくはない。

きっちり『落とし前』をつけるはずだった。

それなのに連邦大学に戻った二人は学生の本分に立ち返るとばかり留守中にたまっていた課題に励み、真面目に授業に出席している。

いっかな腰を上げる気配がないのだ。

相手がどこにいるにせよ、片づけるにはそこまで出向く必要がある。そして《パラス・アテナ》より速い輸送手段は共和宇宙のどこにも存在しない。

ケリーもジャスミンも彼らが助力を求めてきたらすぐに手を貸すつもりで何も言わずに待っていたが、さすがにしびれを切らしかけていたのである。

ジャスミンはそんな自分の心境を正直に口にした。

「手出しをするつもりはないんだが、気になるのも確かだという、何とも微妙なところだな」

この言い分にもケリーは全面的に賛成だった。

「天使がいないんならちょうどいいかもしれねえな。ついでに金色狼の様子を窺《うかが》ってこよう」

「では、わたしも一緒に行こう」

「俺が頼まれたのは運転手だぜ。一人で充分だ」

「気にするな。わたしはその付き添いだ」

付き添いつきの運転手なんて聞いたことがないが、ジャスミンがこう言い出したら止めても無駄である。

当日はあいにくの曇り空だった。

ケリーとジャスミンは少し早く待ち合わせ場所に着いて子どもたちを待った。連邦大学は治安のいいところだが、これは大人としての義務である。

ややあって、リィとシェラがやって来た。

人数は揃ったので、ケリーは車の扉に手を掛けて、気軽に言った。

「それで、どこまで行けばいいんだ？」

「ちょっと待って。もう一人来る予定なんだ」

「はん？」

今日は二人のはずではなかったかと思った矢先、小走りの足音が近づいてきた。

「ごめんなさい。遅くなっちゃった」

軽やかな声と足取りで現れたのは、とんでもない美少女だった。

まさに咲き誇る花のように艶《あで》やかでみずみずしく、甘露のように匂やかだ。

ケリーもジャスミンもシェラも、それが誰なのかもちろん一目でわかった。わかったが、この展開を知っていたはずのシェラでさえ頭が追いつかない。

そのくらい、視覚から受ける印象の違いを脳内で修正するのが難しい。

文字通り絶句して立ちつくした三人とは対照的にリィは笑って言った。

「ずいぶん小さくなった」

その一言で済ませる彼を心の底から尊敬する。

そこに立っているのはリィとシェラと同じ年頃の女の子だ。まっすぐな黒髪を垂らし、ほっそりした身体にあまり合っていないワンピースを着ている。

「どうしたんだ、その服？」

リィが訊くと、少女は笑って首を振った。

「だいたいこのくらいの身長かなって見当をつけて買ってみたんだけど、失敗しちゃった。あたしには大きすぎるわ」

「おれにもそう見えるよ。特に横幅が合ってない」

「考えてみたらここまで小さくなったのって初めてだから、ずいぶん勝手が違うの。特に下着が全滅よ。胸がすっかり小さくなっちゃって、今までのが全然合わないんだもの。試着しないと買えないわ」

「そんなに小さい？」

「見てみる？」

「どれ？」

言ったと思ったら、リィは何とワンピースに手を伸ばして前ボタンを外し始めたのである。

「やめろ、金色狼！」

「ここは往来です！」

「それは既に犯罪行為だぞ！」

三者三様の制止に、リィはきょとんとなった。

服を脱がされそうになった少女もまったく動じず、真顔で言った。

「やっぱり道端じゃまずいみたい」

「じゃあ、後で見せて」

目眩《めまい》のするような会話である。

ケリーは思わず額《ひたい》を抑えて深々と嘆息した。

いつもより大幅に見下ろす格好になってしまった相手の顔をまじまじと見つめて唸る。

「……自分はいないってのはこういうことかよ」

「ええ、そうなの。子ども三人になっちゃうでしょ。来てくださってありがとう、おじさま」

銀の鈴を振るような声で言い、にっこり微笑んで軽く膝《ひざ》を折ってみせる。

そんなさりげない仕種もほのかな色気が滲《にじ》み出て、息を飲むほど可愛らしい。

ジャスミンは完全に匙《さじ》を投げて夫に忠告した。

「海賊。おまえはあまりこの子に近寄るなよ」

「なんだ、そりゃ。妬《や》いてるのか」

「うぬぼれるな。おまえのような大きな男がこんな美少女にまとわりついていたら、それだけで立派な犯罪に見えると言っているんだ」

「ひでえなあ……」

嘆《なげ》いたが、ジャスミンの指摘は否定できない。

こんなに目立つ子どもが三人も歩いていたら——しかもそれを引率しているのが身長二メートル近い巨大な男女となれば、人目を引くのは必至である。

ひとまず車に収まり、そこで初めて詳しい事情を聞かされた大型夫婦は今度こそ呆れて言ったものだ。

「——それでその格好かよ?」

「今のルウは問題ないとして、シェラは平気なのか。いくら可愛くても本当は男の子だろう?」

「ご心配なく。男子校に潜入するよりは、全寮制の女子校のほうが遥《はる》かに楽ですから」

晴れ晴れとそんなことを言われてもこっちが困る。

また横からとびきりの美少女が真顔で言うのだ。

「今も充分きれいだけど、シェラは髪を長くすれば、完璧《かんぺき》に女の子に見えると思うわ」
「ええ、実際、昔は……」
　それで通していましたから——と言おうとした時、
少女がシェラの頭に手をかざした。
　すると、肩の辺《あた》りで切られていた髪があっという
間に銀色の流れになってシェラの膝まで落ちた。
　シェラは驚いた。毛先を摑《つか》んで引っ張ってみたが、
鬘《かつら》でも付け毛でもない。間違いなく自分の髪だ。
「……これもあなたの魔法ですか」
「いいえ。ただの手品よ。時間が来れば元に戻るわ。
その間に買い物を済ませましょう」
「ありがとうございます」
　シェラは笑って礼を言った。
　服装は全然変わらず、髪が長くなっただけなのに、
確かにそこにいるのはどこから見ても女の子だった。
　馴染んだ手触りを確かめるように撫《な》でて言う。
「懐かしい。この長さは久しぶりです」
「また伸ばしてみたら？　よく似合ってるもの」
　にっこり微笑み合う二人を見て、リィが苦笑した。
「これでこの二人が女子校に転入できなかったら、
それこそ何か間違ってるな」
「わたしもまったく同感だが、恐ろしい話だ……」
　しみじみ呟《つぶや》いたジャスミンをケリーがからかった。
「どう見ても、あんたが一番女らしくない」
　走り出した車の中で、少女は書類を取り出して、
リィとシェラに手渡した。
「聖ソフィアと聖トマスの入学要項と基本的な校則。
眼を通しておいて。転入する前に必ず、ここで何を
勉強したいのかって聞かれるはずだから。その時に
何も答えられなかったら怪《あや》しまれるわ」
　ケリーの運転する車はまったく揺れなかったので、
二人は居間にいるようにくつろいで書類を読んだ。
「必須科目には以下の文化芸術課程が含まれる？」
「生徒の総合教育が目的だから、机にかじりついて
勉強しているだけではだめってことね。音楽や絵画、
写真技術や彫刻、演劇。そういう科目を必ず一つは

RiKAS

選択しないと進級できないみたいよ」

「こちらにもありますね。年間を通して一定の時間、地域の福祉活動に参加し、必ず何らかのスポーツをしていることが卒業の条件だそうです」

要するに、当校を卒業する生徒は文武両道に秀《ひい》で、教養も備え、さらには弱者に対する思いやりも持ち合わせていなければならないということだ。

御題目《おだいもく》としてはまことに立派である。

リィとシェラは自分がどんな授業を希望するかをだいたい決めたが、リィがふと尋ねた。

「ルーファはどうするんだ？」

「あたしは彫金と声楽を取るつもり」

「声楽⁉」

これにはリィも含めて全員が悲鳴を上げた。

助手席のジャスミンはおろか、運転席のケリーもぎょっとして後席を振り返ったくらいだ。

「声楽はまずいぞ、天使！」

「授業中に⁉　きみが歌うのか！」

「いけません！　大騒ぎになりますよ！」

その威力を知り尽くしているだけに必死だったが、本人は至って気楽にのんびりと言った。

「平気よ。普通に歌うから」

再び運転に集中し始めたケリーがほとほと呆れて首を振れば、リィも難しい顔で唸っている。

「普通に歌ったって注目度満点だろうに……」

しかし、当の本人には周りが感じている危機感はわからないらしい。笑い飛ばす口調で言った。

「だから心配しすぎだってば。小さい頃は神童でも二十歳過ぎたらただの人なんてよく聞く話じゃない。少しくらい歌がうまくても、学校の先生はそんなに期待はしないわよ」

一同、盛大なため息を吐いた。

「少しくらいって……」

「それではすまないと思いますが……」

話している間に車は大陸横断道路に出ていた。

海を越えてグランピア大陸に上陸する。

車はグランピア北部で一番大きな街に向かった。

大きな都市にはたいてい買い物や娯楽が楽しめる巨大な総合施設があるものだ。小さな子どもたちが遊べる室内遊園地、迷路のように入り組んだ通路の両脇にずらりと店舗が並ぶ遊歩道は定番である。

こういうところは大人が買い物する区域と十代の少年少女が買い物をする区域は明確に別れている。

その中でも男の子と女の子の行き先は違う。

重なり合うことはなく、かといってまったく別の区域でもない、巧妙な分け方をしてある。

そして少女たちの集まる区域は並んでいる商品も買い物客も大変な華やかさであり、賑《にぎ》やかさだ。

ケリーとジャスミンはもちろん、リィもこういうところではお手上げだったが、残る二人は違った。

俄然《がぜん》張り切って店舗を見て回り始めた。

「やはりまずは下着ですね」

「あら、シェラも下着つけるの？」

「ええ。こちらの衣服は身体の線が目立ちますから。運動の授業が必須ならなおさらです。少しは丸みをつけておきませんと、女の子に見えませんから」

「シェラなら平気だと思うけど……でも、それなら何か詰めるものがいるんじゃない？」

「実は持ってきました。試着室の中で調整します。授業中は制服でも外出着も何枚か必要ですよね」

「他に舞踏会用のちゃんとした衣裳《いしょう》も、できれば二着以上は持っていきたいわ」

「靴《くつ》や小物も場面に合わせて違うものがいりますし、全部揃えるとかなりの金額になりますよ？」

「それは考えなくていいわ。とにかく必要なものを買いそろえてしまいましょう」

代金を気にしなくていい買い物ほど楽しいことはない。二人は、男には非常に敷居の高い下着店から始めて、普段着の洋服にパーティ用の衣裳を数着、靴に鞄《かばん》、さらには化粧品と次々に攻略していった。

「基礎化粧品くらいは持っていくべきでしょうね」

「そうねえ。今時の女の子はみんな使うでしょ？」

「白粉《おしろい》もです。こちらの製品はとても優秀ですから、これだけ個人の肌色に合わせて白粉をつくるなんて、考えたこともありませんでしたよ」

そう言って、シェラは一緒にいる連れにはどんな色が似合うか見本を当ててようとしたが、玉のように輝く白い肌を見て思わず苦笑した。

「……あなたにはこんなもの必要ありませんね」

「人のこと言えないわ。シェラだってそうでしょう。すごく肌理《きめ》の細かいきれいな肌をしてるもの」

「目元がとてもくっきりしていらっしゃいますからアイラインや睫墨《マスカラ》もいりませんね。下手にお化粧をすると、ごてごてとうるさくなってしまいます」

化粧品会社は商売あがったりである。

「そうは言っても、まるっきりの素顔も味気ないわ。頬紅とアイシャドウくらいは買っていきましょうよ。それとあんまり色のつかないグロスも」

「いいですね。――実を言いますと、わたしは一度、爪《つめ》を染めてみたかったんです。同級の女の子たちがきれいに塗っているんですよ。二色に塗り分けたり、ちょっと光る飾りを張りつけたりして」

「ああ、可愛いわよね、あれ。でも濃いのはだめよ。シェラなら絶対、薄いピンクが似合うと思う」

「あなたもですよ。くどい色は似合いません」

こんな具合で口を出す暇もない。

精力的に買い物をこなす少女たちについて行けず、(実は最初から互角に渡り合うのは諦めていたが)大型夫婦と金の天使は早々に戦線離脱して喫茶店で一休みすることにした。

「女の子の買い物って、ほんっとにすごいよな……。よく疲れないもんだと思うよ」

リィが真顔でぼやくので、ケリーは苦笑した。

「あれを女の子と言っていいのか？」

「中身は違うとしても、やってることはまるっきり女の子の買い物じゃないか」

「確かに。あの元気にはわたしも感心する」

ジャスミンまでほとほと感心したように言うので、

リィは不思議そうに訊いた。

「ジャスミンはああいう買い物はしないのか？」

「ないな。武器弾薬ならわたしもあのくらい熱心に見るんだが……身につけるものはいつも誰かが用意してくれていたからな」

「なあ、金色狼」

リィ一人と話せるのはちょうどいい機会だった。

ケリーはおもむろに切り出した。

「この間の一件、誰が黒幕かわかってるんだろう」

リィは少しも顔色を変えずに答えた。

「名前と居場所はわかってる」

「天使も知ってるのか？」

「おれの口からは話してないけど、たぶん知ってる。あの宇宙拠点《ステーション》で連中の顔を見てるはずだから」

「……顔を見たから？」

「相手の姿さえ特定できれば、ルーファにとってはそれで充分だ。後は手札がものを言うよ」

ジャスミンが驚きに眼を見張った。

「本当か？」

「だからルーファはあの連中の誘いに乗ったんだよ。手がかりを摑もうとしたんだろうな」

やはりと思いながら、ケリーは苦い息を吐いた。

「——で、天使は問題の相手を見たんだな？」

「と思う。あの連中はおれの前にも得々《とくとく》として顔を出してきたくらいだから」

彼らにとっての本命はルウだったのだ。

その本命に直接会って不死の秘密を聞き出そうとしないはずはないとリィは指摘し、聞いたケリーは忌々しげに言ったのである。

「条件は揃ったってことだな。だったら、さっさと叩き潰《つぶ》したらどうなんだ？」

「おれもそう言った」

「そうしたら、天使はなんて言った？」

「わかってるって。それはちゃんとわかってるけど、こっちが先だって」

「それでどうした？」

「どうもしないよ。そこでお終《しま》い。ルーファがそう言うなら本当にこっちが先だ」

ケリーとジャスミンは思わず顔を見合わせた。

リィは二人の様子には気づかないようで、黙々とハンバーガーをぱくついている。

そんな様子はどこから見てもお腹を空かせている十三歳の少年そのものだが、大型怪獣夫婦はそんなものには騙《だま》されなかった。ジャスミンは少しばかり皮肉を込めた口調で言ったものだ。

「少々——意外だな。きみは納得できないことにはとことん食い下がる性格だと思っていたのに」

「もちろん。納得できなければそうするけど?」

「わたしなら、その説明で納得はできない」

机に身を乗り出して、じっと相手の顔を見つめるジャスミンの眼が青みを帯びた灰色から獣《けもの》のような金色に変わろうとしている。

圧倒的な迫力だった。

普通の少年ならたちまち震え上がっただろうし、ジャスミンの言うことに理があるのも間違いないが、リィはその眼をまっすぐ見返した。

「何度も言ったけど、おれはルーファの相棒だ」

「知っている。何度も聞いた」

「いいや、わかってない」

金髪の少年は首を振ると、通路の向こうに見える黒髪の後ろ姿を眺めながら言ったのである。

「今度のことではおれなんかよりルーファのほうが遥かに怒ってる。腸《はらわた》煮えくり返っているはずだ」

無邪気に買い物にはしゃぐ様子からはとても想像できないが、リィの言葉には確信が籠《こ》もっていた。

「だから、これを先にするとルーファが言うのなら、おれには反対する理由は何もないんだ。——黙ってつきあうよ」

「正直なところ、それも意外だ」

「何が?」

「きみたち二人の間では、主導権を握っているのはきみのほうだと思っていたからさ」

「そんなものはないよ。第一、必要ない」

リィはちょっと笑って、真顔になった。

「おれがどうしても何かを許せなくて怒っている時、ルーファはいつも黙って助けてくれる。おれの心がルーファにはわかるからだ。それなのに、おれにはどうしてもおれには同じことができないって、どうして思うんだ？」

妙に説得力のある台詞《せりふ》だった。

自分たちはあくまで五分の立場で、二人で一つの相棒なのだと主張する言葉でもあった。

ジャスミンは思わず苦笑して夫の顔を見た。

ケリーも同様に妻の顔を見返して、リィに視線を戻した。

「なるほどな。おまえには天使の心がわかるか」

「わかるよ。——もちろん全部じゃないけど」

「そりゃまた心許ないな」

「全部わかったらおもしろくも何ともないだろう。現に今も、おれにはルーファが何を考えているのかわからない。どうしてこっちを先にと言い出したか、理由は知らない。——だけど、わかるか？　それはたいした問題じゃないんだ」

やんわりと道理を説いて聞かせる口調だった。

見た目はほんの小さな少年が、ものわかりの悪い大人二人をなだめて説き伏せようとしているのだ。

これでは立場があべこべである。

ケリーは苦笑しながら頷かざるを得なかった。

「了解。——おまえが天使を信じているからだな」

ジャスミンも無論同じようにしたものの、彼女はそうあっさり引き下がろうとはしなかった。

「では、せめて、きみが知っていることだけでも、わたしたちに教えてくれないか」

ジャスミンの粘《ねば》りにリィは考える顔になったので、ケリーはすかさず言った。

「もちろん聞くだけだ。手出しはしない。誓う」

「何に賭けて？」

宝石のような深い緑の瞳《ひとみ》に正面から見つめられて、ケリーは思わず問い返していた。

「おまえなら、こんな時なんて言うんだ？」

「おれの剣と戦士としての魂《たましい》に賭けて誓う。自分の持っている中で一番大切なもの、それを失くしたら、おれがおれでいられなくなるものにだ」

恐ろしく真剣な口調だった。

十三歳の少年が何を大仰なことを——と、ここで笑ったりするのは論外だった。

ケリーは負けず劣らず真剣に答えたのである。

「そういうことならこの右眼と右腕に賭けて誓うぜ。どっちもなくしたら俺は自在に船を動かせなくなる。それじゃあ生きながら死んだも同然だからな」

ジャスミンもおもむろに頷いた。

「では、わたしは愛機の推進機関に賭けて誓おう。——身体の欠損は極端な話、補うこともできるが、あれはもう二度と替えは利かない」

「いや、そうでもないぜ。ダイアンがいずれ設備を確保して生産するつもりだと言ってたぞ」

「おまえな、今そういうことを言うな！　緊張感が失せるだろうが！」

夫を厳しく叱責《しっせき》して、ジャスミンは急いで小さな金の戦士に向き直った。

「リィ。補充が利くからと言って、頼むから適当なものでごまかしたとは思わないでほしい。わたしにとっては他の何より大切なものなんだ」

「知ってるよ」

リィは笑って答えると、ハンバーガーの包み紙に何やら書いて二人に差し出したのである。

二人は緊張とともにそれを見たが、唖然《あぜん》とした。

まともな名前が一つも書かれていなかったからだ。

メルロウの隠居
フォンドの老人
ナウマックの相談役
アイボルンのお目付役

ケリーは呆気にとられて尋ねたのである。

「何だ、これは？」

「だから、この間の黒幕四人」

「正体を突き止めたんじゃなかったのか？」

「だから、それがそう。おれにはそんなふうに読み取れたってことだよ」

「読み取ったって、おまえ……」

精神感応力を持たない人にそれがどんな感覚かを説明するのは、生まれつき眼の見えない人に赤とはどのような色なのか、そもそも色とは何であるかを説明して理解させるに等しい至難の業である。

それでも、リィはこの二人に対して適当な言葉でごまかそうとはしなかった。

「人は普通、正式な名前と住所なんかで誰かを認識しているわけじゃないってことさ。現におれ自身、ダイアナのことは『ケリーの彼女』って覚えてる」

ジャスミンが真顔で頷いた。

「正しい認識だ。——では、わたしは？」

「ケリーの奥さん。もしくは赤い人」

「では、この男は？」

「ジャスミンの旦那さん。あるいはキングかな？」

リィが心を読んだ相手も、自分の四人の支配者をそんなふうに名前ではなく印象《イメージ》で記憶していたのだ。

「人間の脳内を飛び回っている情報を捕まえるのはそう簡単なことじゃない。こっちの腕次第なんだよ。おれは相棒ほど優秀な精神感応力者じゃないから、どこの誰なのか特定できれば充分だ」

メモを睨《にら》みながらケリーは唸った。

「……これで個人を特定できるのか？」

「おれには無理だけど、ルーファならできる」

自信ありげにリィは断言して、ごちそうさま、と言って席を立った。

二人ももちろん続いたが、この予想外の展開にはさすがに驚きを隠せなかった。

「メルロウもフォンドも惑星の名前じゃねえな」

「恐らく企業名でもないと思うぞ。となると、何か縁《ゆかり》の地名か？」

「ダイアンに検索させても結構な時間が掛かるぜ」

それでも、ケリーもジャスミンもこの言葉が示す誰かを必ず突き止める決意を固めていた。

手出しは控えると約束した以上、その約束を破るつもりはない。だが、相手の正体がわからないのは気持ちのいいものではない。

喫茶店を出たリィが店舗のほうに戻ってみると、少女たちは装飾品を選んでいるところだった。

子ども用の品だからもちろん模造品だが、店内はきらきら光る指輪や首飾り、造花のついた髪飾りやコサージュなどで煌《きら》びやかに埋め尽くされている。

男の子には居心地の悪い空間のはずだが、リィは平然と近づいていって、呆れたように声を掛けた。

「学校にそんなものを持っていくのか？」

「女の子には必要な身だしなみなんですよ」

「そうよ。パーティがあるってわかっているのに、一つも持っていなかったら絶対変に思われるわよ」

ねえ？　と、二人は顔を見合わせて微笑んだ。


長い銀髪のシェラが黒髪の美少女と一緒にいると、目立つことおびただしい。

店内にいた少女たちは「芸能人よね？」「何かの撮影かもよ」などとひそひそ囁《ささや》いていたが、そこに抜群の美少年が加わったものだから仰天した。

商魂たくましいはずの店員も、商品の売り込みをすっかり忘れて、ぽかんと見惚《みほ》れている。

自分に集中した視線には構わずに、リィは店内をざっと観察していた。

並んでいる品物は例によってみんな同じようで、どこが違うのかさっぱり見分けがつかなかったが、その中の一つがふと眼を引いた。

それは丸く曲げた一種の髪飾りだった。

全体を白い絹地で覆《おお》ってあり、小さな白い薔薇《ばら》ときらきら光る銀粉《ぎんぷん》があしらわれている。

どうしてそれだけ眼を引いたのか不思議だったが、リィはそのカチューシャを無造作に取り上げて眺め、首飾りを選んでいた少女のところに戻った。

「ちょっとこっち向いて」

「なに？」

振り向いた少女の髪がさらりと流れる。

どんな闇よりも深い漆黒《しっこく》の色——それでいて星をちりばめた銀河のように豪華に輝く色だ。

その頭にゆっくりと両手で髪飾りを差してやる。

黒い髪に小さな白薔薇がよく似合っていたので、リィは満足そうに頷いた。

「ああ、これいいな。可愛い」

少女は片手で髪飾りに触れると、鏡を見ようともせずに微笑んだ。

「そう？　じゃあ、これももらっていこう」

今の二人が向き合うとリィのほうが背が高い。

ほんの少しだけ見下ろす黒い頭を見て、ちょっとくすぐったそうにリィは笑った。

「こういう視線は初めてだな」

「そうね、ずっとあたしのほうが大きかったから」

「初めて会った時なんか、何が出たのかと思ったよ。今なら木を見上げてるようだったって言うんだけど、あの頃、おれは木を見たことがなかったからな」

「ひどいわねえ。人を独活《うど》の大木みたいに」

端で聞いている分には意味のわからない会話だが、二人の間に漂う雰囲気はいやでも理解できる。

シェラはそっと苦笑して距離を取った。

こういう時は見物に回るのが自分の役目だ。

大型怪獣夫婦もその例に漏《も》れず、仲のよさそうな少年少女の様子を見て、ひたすら苦笑していた。

「ああしてみるとお似合いのカップルじゃねえか」

ケリーが真面目に感想を述べれば、ジャスミンも真顔で頷いた。

「中身が何なのかを考えなければまったく同感だ」

3

聖ソフィアは決して学力の低い学校ではないと、シェラは転入してすぐに気がついた。

ざっと見ただけでも数学では代数、幾何《きか》は必修で、初心者向けの授業から、数学が得意な生徒のために微積分上級、離散数学など高度な課程《コース》もある。

科学でも同様で生物、物理の初級から宇宙物理学、細胞遺伝学など、大学並みの高度な授業まで幅広い授業が用意されている。国際経済学、心理学、哲学、法学、考古学などの分野も実に豊富だ。

一年生はまず入門編の授業を取り、二年次からは自分が興味を持つ分野を専攻して取るようになる。

五年、六年生ともなると、飛び抜けて進んだ結果、個人授業を受けている生徒もいるくらいである。

こうした実体はシェラには予想外のものだった。

シンシアとサンディの話から高級私立校――特に女子校は、少女に礼儀作法を仕込むだけの花嫁修業学校という印象が強かったのだが、とんでもない。

クラスは少人数制、授業内容は質疑応答や討論が主体だから、居眠りなどしている暇はない。

加えてどの授業でも宿題がどっさり出る。

次の授業に参加しようと思ったら、毎日夕食後に自習の時間を設けて勉強に励《はげ》まなくてはならないが、だからといって単なる詰め込み教育とはわけが違う。

学校側は学期が始まる前に当の生徒とも相談して、一人一人の能力に合わせた課程を組んでいる。

それでも授業について行けずに遅れがちな子には補習教師がついて丁寧《ていねい》に教えてくれる。

授業の水準の高さ、個々の生徒の能力に合わせて対応を変えていく仕組みは連邦大学の教育方針にも通じるものがあった。ではどこが違うのかと言えば、この学校は何というか、もっと家庭的だった。

それぞれの寮が一つの家で、寮生は家族のような雰囲気なのである。

舎監の先生がいわば親代わりだ。彼らは寮に住み込みの教師だから、生徒との関係は通いの教師とは比較にならないほど親密である。

たとえばホームシックにかかった生徒は、一人で泣いていないで真っ先に舎監の先生に相談に行くし、女の子ばかりの寮生活だから時にはルームメイトと気まずくなったりすることもあるが、そんな時にも舎監の先生や監督生がすぐに仲裁に入ってくれる。

環境もすばらしい。学校の周囲には子どもたちを毒するようなものは一切見あたらない。

どこまでも緑豊かな光景が広がっている。

一番近い街へ出るには公共の輸送機関を使っても一時間は掛かる。

なるほどこれなら思春期の娘を持つ親も安心して娘を送り出せるわけだ。

実際、ここの生徒はみんな生き生きと楽しそうに学んでいるし、理想的な環境の中で、運動の授業やクラブ活動を積極的にこなしている。

シェラは転入早々これだけの事実を察した。

しかし、やはりすぐに気づいたことだが、ここの生徒が高度な数学や物理学を学ぶのは単なる教養に過ぎないようで、学者になろうとは考えない。

高度な演技や演出論を本格的に学んでも、役者や映画監督への道を志す生徒はいない。

この点が高級私立校と連邦大学との大きな違いと言えそうだった。

アイクライン校ならこんなことはない。

入学したばかりの一年生でも将来は科学者になる、音楽家になる、報道の仕事をすると断言する少女が何人もいるのに、心構えがまるで違う。

彼女たち――そして彼女たちの保護者が望むのは教養豊かな女性になること、さらには自分の意見をはっきり言える立派な人間に成長することであって、学んだ知識を生かす職業に就くことではないのだ。

シェラはその疑問をウォルター・ハートに率直にぶつけてみた。
ジュリア・ハートに率直にぶつけてみた。

「これほどすばらしい教育環境にいらっしゃるなら、学んだ知識を生かせる仕事に就く方がもっといてもよさそうなものですのに」

討論の時間を持つ学校では、一人で悩んだり考え込んだりは何の美点にもならない。

疑問に思ったことは徹底的に話し合う習慣だから、ジュリアも真面目にシェラの質問に答えた。

「うちの学校案内を見なかったの？　大勢いるわよ。看護師協会の理事を務めている方、有名な慈善家、動物愛護団体や保護活動を積極的に支援している方、特別講師として大学に招かれた方だって」

「ですけど、それは職業ではないでしょう？」

シェラが言うと、ジュリアはちょっと心配そうに問い返してきた。

「もしかしたら——生計を立てるために働くことを言っているの？　あなたのお家《うち》はそういうお家ではないと思ったけれど……」

シェリル・マクビィは、とある惑星の古い家柄《いえがら》の令嬢という設定である。先祖代々働いたことのない、働く必要もない家に生まれ育った少女である。

シェラは今の自分の設定を充分わきまえた上で、恥ずかしそうに俯《うつむ》いた。

「ええ。両親は反対するかもしれませんけど……」

「あなたがその道を選ぶのなら迷わず進みなさいな。それも一つの生き方ですものね。でも、わたくしは専業主婦も立派な職業だと思っているのよ」

ここでジュリアの言う専業主婦とは、世間一般で考えられるものとは大きく懸《か》け隔《へだ》たっている。

政治家や高級官僚、企業主《オーナー》など、社会的地位の高い男性の妻として積極的に各地を訪問し、教養と話術を駆使して華麗な社交界のつきあいをこなす。

それがジュリアにとっての専業主婦である。

彼女自身が卒業後の目標にしている姿でもある。

サンディの苛立《いらだ》ちが何となくわかる気がした。

同時に、こちらにもこういう社会があったのかと、新鮮な感動を覚えていた。

リィの父親のヴァレンタイン卿も貴族だが、卿の子どもたちはみんな自宅から学校に通っているから、気がつかなかったのだ。

上流階級の女性が自らを磨《みが》くため、自分の価値を高めるために高い教養や特殊技能を身につけるのは古来からよくあることだ。事実シェラの知っている貴族の女性たちも、舞踊や歌、楽器の演奏、他にも刺繍《ししゅう》や織物など多くの嗜《たしな》みを身につけていた。

その嗜みがここでは専門知識や文化芸術に造詣《ぞうけい》が深いことであり、慈善活動に熱心であることなどを意味するのだろう。

つまりは、修士号や博士号すら花嫁道具の一つに過ぎないのである。

何とも驚いた話だが、それ以上に驚くのはこんな学校の生徒が校内で妊娠したということだ。

両親の受けた衝撃も驚愕《きょうがく》も察するにあまりある。

だが、校内の様子を観察する限り、そんなことが起こりそうな気配はまったく感じられない。

和《なご》やかながら活気に満ちた平和な『女の園』だ。

ウォルター・ハウスでシェラと同室になったのは一年生のカトリン・コーラーと二年生のエメラダ・ファンショウ。

カトリンは少し引っ込み思案なところのある幼い雰囲気の少女だった。まだ家が恋しいらしく、机に家族の写真をたくさん飾っている。

エメラダは逆に活発な少女で、生物と写真技術を専攻している。運動も得意のようで、二年生ながらホッケーチームで活躍している。

シェラはすぐに二人と仲良くなった。

ルウと違って裸《はだか》になれば本物の少年のシェラではあるが、そこは何と言っても年季がものを言う。

物心ついた頃から少女として過ごしていたせいか、少女たちと一緒にいるほうが遥《はる》かにしっくりするし、同じ部屋で暮らすのも苦痛でも何でもない。

むしろ少年たちと話している時のほうが、どうも噛《か》み合わなくて困惑するくらいなのだ。

カトリンもエメラダもシェラを歓迎してくれた。

仲間が増えたことを素直に喜んで、寮の規則やら洗濯室《ランドリー》や浴室の使い方などを親切に教えてくれる。

「浴室は共同だけど、シャワーは十二台もあるから、あんまり待たなくても使えるわよ」

浴室のつくりはシェラにとって重要だった。

ろくな仕切もない状態で一列に並んでシャワーを浴びたりするのはさすがにまずい。

それではいくら何でも男だとばれてしまう。

ここの浴室は、それぞれのシャワーが脱衣場ごと独立しているつくりだったので安心した。

これなら堂々と汗を流すことができる。

寮の部屋もなかなか居心地がいいものだった。

三台の寝台と机を並べても充分な余裕があるし、さっぱりと片づいている。

「先生が時々検査に来るから、いつもきれいにしておかないと減点なのよ」

そう言うカトリンは枕元にいくつもぬいぐるみを置いている。このくらいの私物の持ち込みは大目に見てもらえるらしい。

そして荷物を片づけている間、シェラもさっそくミラー・ハウスの少女のことを聞かされた。

問題の少女の名前はミシェル・クレー。

新入生の中でも目立ってきれいな少女だったし、歌もテニスも上手だったので、一年生ながら校内のちょっとした有名人だったという。

それだけに、突然の彼女の退学は生徒にとってもかなりの衝撃だったらしい。だから一ヶ月が過ぎた今でもこうして話題に上《のぼ》っているのだ。

しかし、学校側はミシェルの意識障害についてはは生徒たちにはいっさい打ち明けていなかった。

ミシェルはあくまで急な心臓発作を起こして倒れ、現在も意識不明の状態が続いていると説明している。

カトリンもエメラダも学校のその説明が本当だと

信じていた。従って彼女たちの同情は急病に倒れたミシェル本人より、むしろ外出日当日にミシェルと最後まで一緒にいた生徒に向けられていた。

「自分があの時、バス停で別れたりしなければばって、そうすればすぐに救急隊を呼べたのにって、すごく落ち込んでたのよ。リンダのせいじゃないのに」

「リンダはミシェルと同室の子？」

「ううん。同室だったのはキャメロン・ドレーク。リンダは声楽の授業でミシェルと一緒だった子」

カトリンが説明すると、エメラダもつけ加えた。

「一週間後に声楽の発表会の予定だったの。だから二人は発表会用の衣裳《いしょう》を選びに出かけたのよ」

シェラはさりげなく問いかけた。

「発表会で歌うつもりだったのなら、ミシェルにはその時まで変わった様子はなかったのね？」

「そうねえ。ただ、リンダの話ではちょっと元気がないように見えたらしいけど、まさか夜になっても戻らないなんてね。ミラーの子から聞いたんだけど、大騒ぎだったみたいよ」

帰寮時間に遅れるのは重大な規則違反だ。

少なくとも停学は覚悟しなくてはならない。

だが、帰寮時間から二時間を過ぎてもミシェルは戻らなかった。

こうなると単なる規則違反ではありえない。

何か事件に巻きこまれたのではないかと懸念したミラーの舎監が警察に連絡したのだ。

しかし、ミシェルが発見されたのは二日も経った夜になってからだった。

「病院にいたのよ、彼女。道に倒れているところを人が見つけて通報したんですって。だけど、身元のわかるものを持っていなかったから、学校に連絡が来るのがずいぶん遅れたの」

シェラは首を傾げた。

「変ね。捜索願いを出していたのに？」

「病院で何か手違いがあったって聞いたわ。救急の現場ではとにかく命を救うことが最優先されるから、身元確認はおろそかにされがちなのよ」

エメラダがしたり顔で説明する。

「病院側は救急隊が身元を知っていると思っていて、救急隊は彼女が倒れていることを知らせた通報者が身内だと思い込んでいたみたい。その通報した人となかなか連絡が取れなかったのね」

カトリンが小さな声で呟《つぶや》いた。

「かわいそう……ミシェル。誰も会いに行かなくて、二日も病院でひとりぼっちだったのよ」

「大変だったのね……」

シェラは眉《まゆ》をひそめながらも二人の話に注意深く耳を傾けていた。

ミシェルのことを調べるにしても学生である以上、授業にはきちんと参加しなくてはならない。

シェラは文化芸術課程は演劇制作を、専攻科目は得意の家庭科を取ることにしたが、一口に家庭科と言っても様々だ。

シェラは一年生なので同い年の生徒たちと一緒に入門編から始めたが、これまた年季が違いすぎる。

担当教師はすぐにそれに気がついて、もっと上のクラスに参加できるように手配してくれた。

上級者向けの授業になると、実際の針仕事よりも独創的な意匠《デザイン》を考えたり、新しい素材を取り入れた織物の研究をしたりする。こうした授業はシェラにとっても興味深く、おもしろいものだった。本来の目的を忘れてつい熱中してしまいそうになる。

しかし、自分はあくまでミシェルの事件を調べるためにここに来ているのだ。

あまり優秀な学生と思われるのもまずいと思って、授業中も『適当に手を抜いて』いたのだが、後からやって来たルウの考えは違ったらしい。

そもそも雰囲気が大違いだった。

姿が変わったという意味ではなく、サフノスクにいる時のルウとは明らかに別人の存在感なのである。

たとえば、晴れていても地上の灯りに邪魔されて全然星の見えない夜空と、無限の漆黒《しっこく》の闇に無数の星が煌《きら》めく夜空、そのくらいの差があるのだ。

何より『普通に歌う』と言っていたにも拘《かかわ》らず、少女の姿のルウは最初の授業で、早くも他の生徒を絶句させていたのである。

シェラはちょうどその授業を取っていた生徒から話を聞いたのだが、ルウが課題を一曲歌い終わると、声楽の先生は大きく息を吐いて尋ねたそうだ。

「……ミス・クェンティ。今まで、誰かに師事して正式に教わったことは？」

「ありません、先生」

「では、あなたには専門の先生についてもらいます。まずはわたしの恩師に当たる、国立音楽院の教授を務めていらっしゃる方に、あなたの歌を一度聴いてもらいましょう」

シェラの傍《そば》で話を聞いていた生徒たちがざわりとどよめいた。

「それって、ハサウェイ教授のこと？」

「二年生が教授に見てもらうの？　信じられない。すごい特別扱いじゃないの」

しかし、この話をみんなに披露《ひろう》した生徒は向きになって言い返したのである。

「そんなことない。ルウなら当然よ。あなたたちも彼女の歌を聴いてみればいいのよ。一度でも聴けば絶対納得するわ」

少女たちはまだ半信半疑の顔を見合わせている。だから言わぬことじゃないと内心天を仰ぎながら、シェラも何喰わぬ顔で尋ねてみた。

「そんなに上手だったの？」

その生徒はまだ興奮さめやらぬ顔で頬《ほお》を紅潮させ、眼をきらきら輝かせて、うっとりと言った。

「あれは奇跡の声よ。いいえ、きっと天使の声だわ。ミシェルよりずっと上手だった」

そのルウも転入早々、調査を開始していた。

ミシェルと同室だったのは二年生のキャメロン・ドレーク。そこまではすぐわかったが、寮も違うし、選択している授業も重ならないので、運動の時間に機会をつくることにした。

キャメロンは今期、エアロビクスを取っていた。転入生のルウはそこに一時的に参加させてもらい、練習の合間にさりげなく話し掛けたのである。

エアロビクスの授業だから、みんな練習着《レオタード》姿だ。

生徒はそれぞれ好きな色の練習着を着ているので、制服の授業とは違って、なかなか華やかである。

キャメロンは十四歳にしては背が高く、筋肉質の少女だった。褐色《かっしょく》の肌に黒い瞳と黒い髪をして、濃い臙脂《えんじ》の練習着に茶のタイツを穿《は》いている。

普通はちょっと着こなせない大胆な色使いだが、南国を思わせる彼女の肌にはよく似合っていた。

「確かに同室だったけど、わたくしとミシェルとは専攻課程も違うから、そんなに親しかったわけでもないのよ。もちろん、ルームメイトだから、勉強の合間におしゃべりくらいはしたけれど」

「とってもきれいな子だったんですってね」

ルウが言うと、キャメロンは眼を見張って小さく吹き出した。

「そうね。あなたほどじゃないと思うけど」

長い髪を邪魔にならないように束ねたルウは青い練習着に白いタイツだった。ほっそりして見えても、その身体は絶妙の曲線を描いている。

ルウは自分に対する褒《ほ》め言葉はさらりと無視して、話を続けた。

「そんなにきれいな子でテニスも上手だったのなら、男の子にも人気があったでしょうね」

「そりゃあね。あの子の試合となると聖トマスから応援団が繰り出してきて大騒ぎだったもの。だけど、誰か一人の男の子とつきあうことはなかったわ」

「あら、本当に？」

「もちろん。ミシェルが夢中だったのは男の子じゃなくてテニスよ。外出日にも滅多に外には出ないで練習ばかりしてたんだから」

自信ありげに言ったキャメロンだったが、授業が終わって制服に着替えている時に、ふと洩《も》らした。

「――でもね、もしかしたら好きな人はいたんじゃないかなって思ったことがあるわ」

ミシェルは具体的な名前を言おうとしなかったが、毎日同じ部屋で顔を合わせていれば、そのくらいはぴんと来る。

「それなのに、あなたには何も言わなかったの？」

「ミシェルはそういうタイプの子じゃなかったのよ。自分を抑えるのが上手だった」

十四歳の少女が十三歳の少女を評するには奇妙な言葉だが、キャメロンは真面目に話していた。

「わたくしは思ったことは何でもはっきり言う性格なんだけど、ミシェルは違ったわ。年下なのに何を考えているかわからない子でね。よく言えば神秘的――悪く言えば秘密主義？　そんな感じだったの」

ルウはもちろんリンダにも話を聞いてみた。

事件から一ヶ月が過ぎたこともあって、リンダも今ではだいぶ落ち着きを取り戻していたが、やはりミシェルには親しかった男の子はいないと断言した。

テニスクラブでミシェルと一緒だった少女たちも口を揃《そろ》えて同じことを言ったが、そんなはずはない。

合意だったにせよ、不本意なものであったにせよ、ミシェルが校内で妊娠したのは間違いないのだ。

どこかに彼女の相手がいるはずだった。


同じ頃、聖トマスの一年に転入したリィも行動を開始していた。

聖トマスの寮生活は聖ソフィアとは少し違う。
一、二年生は基本的に六人部屋で、学年が上がるごとに三人部屋、二人部屋、最上級生は個室になる。
広大な敷地に寮が点在しており、寮ごとに名前が付いているのは聖トマスも同じだ。

その一つ、クラウン・ハウスに、生徒数の関係で空いた寝台があったので、リィはすんなり入寮することができた。

六年生で監督生のザック・ダグラスに案内されて、

リィはこれからしばらく暮らす部屋に向かった。

ダグラスは背が高く、整った顔立ちの少年だった。やや険《けん》のある目つきなので黙っていると恐そうに見えるが、寮生活の注意をあれこれと丁寧に教えてくれる。見た目とは裏腹に面倒見のいい少年らしい。

リィが同室になる少年たち五人に自己紹介すると、五人のほうは新しい仲間が少女と見まごうばかりの美少年だったので、暫《しば》し絶句していた。

一年生らしい少年が疑惑の口調で呟く。

「ほんとに男?」

別の一人が無言でその少年を突ついた。

陰口や悪口は立派な減点の対象になるからだが、少年が慌てて自分の発言を訂正しようとした時には、ダグラスが厳しい声で言っていた。

「聞こえたぞ、ジョンストン。それは新しい仲間に対する発言として適切なものとは言えないな」

「いいよ、慣れてるから」

リィは笑ってダグラスに言うと、ジョンストンと呼ばれた少年にも笑って話し掛けた。

「この顔が女に見えるのは仕方ないけど、ちょっと考えてみればわかるだろう。おれが女の子だったらここじゃなくて隣に行ってるよ」

今は女の子じゃないのも行ってるけどな——とはもちろん言わない。

少年たちはおおむね好意的にリィを迎えてくれた。

ツァイスの高級学校は生徒の人間的成長に重きを置いているところだ。それだけに教師の質には特に力を入れている。聖トマスの教師陣も聖ソフィアと同じく修士号の資格保持者は当たり前で、博士号を持っている教師も大勢いる。

その教師陣は生徒六人に対して一人という割合を誇り、さらにほとんどが校内に住み込んでいる。

この環境で、これだけの良質の指導者陣が生徒の育成に全力を注《そそ》いでいれば、いじめなど起こらない。

上級生が下級生に使い走りをさせたり、威圧的な態度に出たりすることもない。

そんなことがあればたちまち調査が入り、大勢で一人をいじめた生徒たちは退学処分を受ける。

もちろん、転入生を仲間はずれにしたりするのも論外だが、そこは何と言っても男の子である。

女の子と違い、新たに仲間になった見知らぬ子が自分たちの中でどのくらいの『順位』であるのか、本能的に探ろうとするのは仕方がない。

ちなみに、リィは急な転校の理由を新しい級友にこう説明した。

「今までは家から通える学校に通学してたんだけど、母親が再婚して、新しい父親とちょっと折り合いが悪くなったもんだから、家族みんなで相談した上で、少し距離を置くことにしたんだ」

これはルウが考えた筋書きだ。

よくある話である。全寮制の学校に途中入学する理由としてはもっともありそうな話でもあるが、

（アーサーには冗談でも聞かせられないな……）

と、リィは密かに思っていた。


少年たちがいっせいに同情の顔つきになったのは言うまでもない。

さらにリィはその運動能力によって、いっせいに驚愕と尊敬の眼差しで見られることになった。

聖トマスは運動に非常に力を入れている学校だ。

選べる競技も、クロスカントリー、フットボール、テニス、乗馬、トラック競技など様々だが、一年はこれらすべてが必修科目である。試しにやってみて、どんな競技が自分に合っているか選択するためだ。

クロスカントリーは高低差の激しい山野を走破する競技で、一年生のコースは四キロである。

整地もされていない山の中で、勾配《こうばい》もきついので、生徒たちはぜいぜい喘《あえ》ぎながらどうにか完走したが、こんなものはリィにとっては散歩も同然である。

乗馬もトラック競技も同様だ。

トラック競技に至ってはあまり飛び抜けた記録が出ないように、わざと速度を緩《ゆる》めたくらいだ。

ただ、意外にも球技は苦手だった。

テニスをやってみるとどんな球にも追いつけるし、勢いよく打ち返すこともできるのだが、打ち返した球は相手の頭上を遥かに越えて飛んでいってしまう。どうしてもコートに落とすことができないのだ。

フットボールの場合は他の生徒を押しのけて球を奪おうという意欲がそもそもない。

むしろすんなり譲ってやる有様なので、見ていたダグラスが呆れて言ったものだ。

「モンドリアンは団体競技は苦手らしいな」

「そうかもしれない。やったことがないんだ」

聖トマスでは、生徒は互いを苗字で呼び合うのが昔からのしきたりだという。

従って、リィも他の生徒から「モンドリアン」と呼ばれることになった。

情報収集はまず耳を澄ますことから始まった。

転校してきたばかりの自分が、隣の聖ソフィアの、しかも既に辞めた生徒の話を持ち出したりするのは不自然極まりないからである。

だからといって、黙って待っていてもその話題が自然に出てくる可能性は極めて低い。

しかし、狙い通り、ルウとシェラの存在が格好の誘発剤になった。

舞踏会で二人の姿を見た少年たちはもうすっかり夢中の体《てい》だった。聖トマスの寮に戻ると、舞踏会に参加しなかった友人たちに向かって二人の転入生のことを熱心に語って聞かせたのである。

年頃の少年たちが可愛い女の子と聞いて眼の色を変えないわけがない。身を乗り出した。

「そんなに可愛いのか？」

「そりゃあもう！」

「他の女の子が全然目立たなかったよ」

「一、二年の中では文句なしに一番だよな」

参加組が眼を輝かせて力説するので、不参加組はますます興味を持って尋ねたのである。

「この間、辞めた子と比べてどっちが可愛い？」

リィが待っていたのはこの一言だった。

何喰わぬ顔で口を挟んだ。

「辞めた子って？」

「聖ソフィアの女の子だよ。一ヶ月くらい前かな。退学したんだ」

「ああ、あの金髪の一年生だろ。テニスクラブの。あの子もすっごく可愛かったよな」

「あれ以上に可愛い子なんてなかなかいないぜ」

「いや！　そりゃそうなんだけど！　転校生二人は絶対あの子より可愛いよ！」

参加組がうんうんと頷《うなず》く中、不参加組はさすがに懐疑的な顔だった。

「おおげさだな。そんなに可愛い子が一度に二人も転入してくるか？」

「そうだよ。あり得ないだろう？」

「あり得なくても、現にいるんだってば！」

「ずるいんだぜ。モンドリアンは一人でその二人と仲良くしてたんだ」

おや、いけない。矛先《ほこさき》がこっちに回ってきた。

ルームメイトの非難の眼差しをいっせいに浴びて、リィは呆れたように言った。

「あの子たちも転入生だって聞いたから、ちょっと話してみようと思ったんだ。そんなに気になるなら声を掛けてみればよかったじゃないか」

同室の少年たちから一斉に不満の声が上がった。

おまえが邪魔したんじゃないかと言いたいらしい。

翌日の日曜は聖トマスの外出日であると同時に、自習とクラブ活動の日だ。

テニスクラブの生徒は混合ダブルスの練習のため、聖ソフィアに出向いて行ったのだが、昨夜の舞踏会参加組と同じように興奮しきって帰ってきた。

「あの転校生二人がテニスクラブに入ったんだ！」

「二人ともスタイル抜群で、足がすらっとしててさ。眼の保養ってああいうのを言うんだな、きっと」

少年らしからぬ表現は詩の先生の受け売りである。

リィは意外そうに訊いた。

「足を見せてたのか？」

「当たり前だろう。テニスの練習だぞ」

「二人ともちゃんとスコート穿《は》いて参加してたよ」

リィは真顔で呟いた。

「それはちょっと見たかったかもな……」

ルウはともかく、シェラにはほとほと感心する。足が丸見えのあんなミニスカートを穿くだけならまだしも、球を追って全速力で走り回ったりしたら、
スカートの中まで丸見えになってしまう。それでも
男と気づかせないとはまさに恐るべしだ。

「二人ともうまいんだぜ。一年の子なんかラケット
握るの初めてだって言ってたのに、あっという間に
上達しちゃってさ」

「あれならすぐに正選手になれるんじゃないかな」

確かにシェラならテニスも器用にこなしそうだと
リィは思ったので、何気なく言った。

「じゃあ、おれも教えてもらおうかな」

同室の少年たちが揃って呆れた顔になる。

「モンドリアンはテニスはよしたほうがいいって」

「球がどこへ飛ぶかわからないんだろう？」

「下手だから練習しようと思ってるんじゃないか。

少なくとも団体競技よりはまだ見込みがある」

すると、少年たちはいやな顔になった。

彼らを代表して、二年生のマイク・マクザンスが
はっきり訊いてきた。

「モンドリアンはどっちなんだ？」

「何が？」

「黒髪の子と銀髪の子と、どっちなんだよ」

リィは眼を丸くした。

これはもしかしてどちらの子が好みかと聞かれて
いるのかと理解するまで、結構な時間が掛かった。

「どっちって言われても……」

言葉を濁《にご》して口をつぐんだ様子が、少年たちには
二人の間で迷っているように見えたらしい。

血相を変えて詰め寄ってきた。

「言っとくけどな、両方なんていうのは最低だぞ」

「そうだ。どっちか一人にしろよな」

他の少年たちもそうだそうだと声を揃える。

リィは呆れて言い返した。

「無茶言うなよ。昨日初めて会ったのに。ちょっと話しただけで決めなきゃいけないのか?」

少年たちは誰もその抗議を聞いていなかった。

テニスクラブの生徒たちは二人の姿を思い出して、未だにその残像にうっとりしている。

どんなに憧《あこが》れてもあれは一人は男で、もう一人は性別不詳の人外生物なんだぞと気の毒に思いつつ、リィは彼らに話し掛けた。

「——辞めた子もテニスクラブだったって?」

「ああ、そう! あの子もすごく上手だったんだ。ついこの前の大会では一年の部で優勝したんだぜ」

「そんなに活躍してた子が、まだ一年生だったのにどうして急に学校を辞めたんだ?」

「さあ? なんか、病気だって聞いたよ」

リィは眼を丸くして見せた。

「テニスの大会で優勝するくらい元気だった子が? 何の病気で辞めたのかな?」

「わからないんだよ。急に倒れたって聞いただけで。聖ソフィアの女の子たちもびっくりしてた」

「こっちだってあの時は驚いたよ。それ以上にあの子がいなくなって、みんながっかりしたよな」

「中でも特にがっかりしたのは?」

少年たちは揃って不思議そうな顔になったので、リィのほうが逆に首を傾げた。

「そんなに可愛くて目立つ子だったなら、それこそこの学校の誰かとつきあってたんだろう?」

ああそういうことかと少年たちは納得したものの、質問自体ははっきり否定した。

「いないよ。誰も。そりゃあみんなあの子と仲良くなりたがってたけど——」

「そうだよな。テニスクラブと合唱クラブの一年はほとんど全員だ」

「中でもテニスのブレンダンと合唱のマシューズはあの子に夢中だったよな」

「だけど、全然相手にされてなかったと思うぜ」

リィは首を傾げた。

ヒューゴー・ブレンダンもトミー・マシューズも既に顔見知りだったが、二人とも見てくれは決して悪くない。成績も上位だし、運動もできる。むしろ女の子には非常に人気のありそうな少年たちである。

その二人を袖《そで》にするとは——。

「……誰か好きな子でもいたのかな?」

「少なくともこの学校にはいなかったと思うよ」

ミシェルは少年たちの憧れであり、手の届かない高嶺《たかね》の花でもあったらしい。

男の子たちがいくら熱心に誘っても、誰とも特に親しくなろうとはしなかったというのだ。

少年たちの話題は自然と転校生の品定めに戻り、一年生のロジャー・ジョンストンが何やらもったいぶった口調で言い出した。

「二人とも可愛いけど、ぼくは黒髪の子がいいな。年上だけど」

他の少年たちが口々に反論する。

「向こうにだって好みがあるんだぜ」

「自分が相手にされるかどうかを考えろよ」

「二年生なら今までは断然、窓辺の君《きみ》だったけど、あの黒髪の転校生のほうが上だよな」

リィが訊いた。

「窓辺の君って?」

「聖ソフィアの二年生だよ。いつも窓辺にいるから窓辺の君なんだ」

ずいぶん古風な愛称をつけるものだと思ったが、そんな呼び方が似合う少女なのだという。

今年の聖ソフィアは一年生ならこの間辞めた子が、二年生ならその窓辺の君が群を抜いて可愛かったと、少年たちは熱心に語った。(過去形であるところが何とも現金だ)。

「窓辺の君も去年までテニスクラブだったんだよ。大会前に怪我をして出場できなかったけど……」

「そうだよ。あの時もショックだったな。絶対優勝間違いなしだと思ったのにさ」

「そうしたら今年もだぜ。一年の子があんなことになるなんて——今度は大会の後だったけど」

「いや、もっとひどいよ。あの子は退学だもん」

「どうしてテニスクラブばっかりって思ったよな」

　去年、聖ソフィアの有望な一年生が怪我をして、テニスの大会に出場できなかった。

　この情報は何か役に立つものだろうか？

　少年たちは話を切り上げて自習に取りかかった。

　聖トマスも決して学力の低い学校ではない。

　宿題も授業の一環という方針だから毎日かなりの時間を机に向かわなければならないし、そのための全寮制であるとも言える。当然、予習も欠かせない。

　リィも無論、彼らに倣《なら》った。

　ひととおり片づいたところで汗を流そうと思い、着替えを抱えて二階の浴室に向かった。

　聖トマスの浴室も共同で、シャワーは脱衣所ごと区切られている。宗教上の理由で同性の前でも肌を晒《さら》すことを拒む生徒もいるからだ。

　リィが浴室に入った時には十台のシャワーのうち、三台が塞《ふさ》がっていた。

　適当に空いているところに入って服を脱いだ。

　ここへ来ればすぐにミシェルの相手が見つかると思っていたのだが、少々考えが甘かったらしい。

　聖ソフィアと同じように聖トマスも男女交際には非常に厳格な学校だ。リィのルームメイトにしても、黒と銀の天使を可愛い女の子だと喜んでいるものの、それはあくまで二の次なのである。

　聖トマスの生徒たちは最高の環境で最高の教育を受けられることを純粋に喜んでいるし、聖トマスの生徒である自分を誇りにも感じている。この学校も連邦大学と同じ方針で、怠けていては進級も卒業もできない。もっと悪くすれば放校されてしまうから、生徒たちは学ぶことに努力を惜しまない。

　いい評価をもらうことにも実に意欲的だ。

　何より、女の子にうつつを抜かして成績が下がるなんてみっともないという気風を濃厚に感じるのだ。

リィが校内をざっと見た限りでも、聖ソフィアに女友達がいる生徒は珍しくない。

しかし、本格的な恋人づきあいをしている生徒は最上級生でもあまり多くはないらしい。

ましてやまだ十三歳のミシェルには早すぎる。

水しぶきの中で、リィは次の手を考えた。

できることがあるとしたら、外出日のミシェルの足取りを確かめることだ。

バス停で友達と別れたところまではわかっている。それが午後四時頃のことだ。

聖ソフィアも聖トマスも、今の季節の帰寮時間は午後六時。

外出となれば両校の生徒たちはここからもっとも近い街へ集団になって繰り出していく。ミシェルは人目を引く美少女だったのだから、午後四時以降、聖トマスの少年たちが街でミシェルを見かけている可能性は充分にある。

問題は、その日付が一ヶ月も前だということだ。

転校してきたばかりの自分が一ヶ月前の外出者の記録など見られるはずもないし、誰彼構わず聞いて回るのは怪《あや》しすぎる。

どうしたものかと思案しながらシャワーを止めて、脱衣所に戻ったリィは眼を剝《む》いた。

服がなくなっている。

確かに脱いで置いたはずの服はもちろん、下着も靴《くつ》下《した》も靴もない。バスタオルも替えの下着もだ。

衣類が勝手に歩いて脱衣所から消えるわけがない。となれば、誰かが持っていったに決まっている。

このシャワーブースには基本的に鍵は掛からない。中に人がいる時、使用中の表示が点るだけだ。

脱衣所とシャワーとの間は、色の濃い曇り硝子《がらす》に完全に遮《さえぎ》られて見ることはできない。だから、人が入ってきたことに気づかなくてもおかしくはないが、リィは痛烈な舌打ちを洩らした。

頭からシャワーを浴びていたとは言え、考え事に耽《ふけ》っていたとは言え、すぐ隣の脱衣所に人が入って服を盗んでいったことにも気づかなかったとは――。

(言語道断の不覚だ……)

単なる泥棒だったからいいようなものの、ここが戦場で、悪意のある相手が忍び込んだのだとしたら、一つ間違えば命に関わるところだ。

自分の未熟を大いに恥じたリィだったが、これは果たして何のいやがらせかと首を捻ったのも確かだ。

服を盗まれるほど人に嫌われた覚えはないのだが、やることが少々せこい。

それ以上にこの状況をどうするかが大問題だった。

今の自分はずぶ濡《ぬ》れの丸裸である。

人に見られることは別に気にならないが、まさかこの格好で廊下に出て行くわけにはいかない。

それもまた立派な校則違反だからだ。

濡れた身体で真剣に考えてしまったリィだった。

同じ頃、三階の一室ではリィと同室の少年たちが困惑の顔つきになっていた。

聖トマスでは特に消灯時間は決まっていない。部屋の照明の他に各自の机の照明があるからだ。

夜の十一時までに(一、二年生はもう少し早くて九時半までに)生徒は自室に戻ることと決められているだけで、あとはルームメイトに迷惑を掛けない限り、机の灯りをつけて夜遅くまで勉強することが許されている。

ところが、その九時半が過ぎたのにリィが戻ってこないのだ。

「シャワーで溺《おぼ》れてるのかな?」

一年生のカイル・ベイツが冗談めかして言ったが、笑うものは誰もいなかった。

十時になれば監督生が見回りに来る。

その時に部屋にいないとわかれば、リィが減点を食らうのは間違いないとして、下手をすると同室の自分たちまで連帯責任を負わせられる。

聖トマスでは生徒たちに対して、不正を発見した場合はそれが同級生であれ上級生であれ、ただちに申し出るようにと徹底的に指導監督している。
違反を知っていながら口をつぐんでいると、その
黙っていた生徒まで同罪として処罰されるのだ。
仲間だからといって情にほだされてはならない、
そんなことで自分の正義を揺るがせてはならない、
不正を知りながら隠匿《いんとく》するのはもっとも許されない
重い罪だからというのがその理由だが、これは悪く
言えば『告げ口主義』ということでもある。
だからこの場合、戻らないリィをみんなで探しに
行くなどということは論外だった。
なぜなら九時半までに部屋に戻る規則のことは、
リィも知っているからだ。今ここで部屋を出たら、
自分たちまで規則違反を問われてしまう。
それでも、一人足らないことを少しでも監督生の
眼から隠そうとして、少年たちは灯りを全部消して、
暗がりの中で真剣に対応を話し合った。
リーダー格の二年生、アントワーヌ・アングルが
幼い顔に精いっぱい難しい表情を浮かべて言う。
「ぼくたちに非はない。モンドリアンが校則違反を
犯すのを容認したわけじゃないんだからな」
二人の二年生、マイク・マクザンスとジョセフ・
サイラスもその意見に同意した。
「これはモンドリアンの勝手な行動で、ぼくたちは
無関係なんだ。監督生がぼくたちを責めるようなら、
その主張をまず認めてもらわなくちゃならない」
「その上でモンドリアンにはぼくたちの間に混乱を
招いたことを反省してもらう必要がある。転校して
きたばかりでも規則は守らなくてはならないんだ」
「そりゃあ悪かったな」
五人の少年は飛び上がった。
リィの寝台からリィの声がしたからだ。
「モンドリアン⁉」
「どこから入ってきたんだよ⁉」
扉は開かなかった。それは確かだ。
「さっき、そこから」
寝間着を着たリィは開いた窓を指さした。

「裸で廊下を歩くのは校則違反だろう？」

だから廊下ではないところを通って戻ったのだと、リィは平然と言った。

服がなくなったので二階の浴室の窓から抜け出し、外壁を伝ってここまで登ってきたというのである。

少年たちは眼を剝いた。

「――ここは三階だぞ！」

「だから、ちょっと時間が掛かった」

おれはシェラと違って壁を這《は》うのなんか本職じゃないしな――と胸のうちでつけ加える。

それにしても丸裸で壁を摑《つか》みながら移動するのは思った以上に難儀な作業だった。

まったく、もしここが戦場で、あんな格好を狙撃されでもしていたらと思うと実に苦々しい。世にも間抜けな死に様を晒すところだ。

リィがひたすら自分の油断に歯がみしているのと対照的に、少年たちはまるでお化けでも見るような眼で細い体軀のリィを見ていた。

灯りを落としてあったからとはいえ、自分たちにまったく気づかれることなく窓から入り、気づいた時には既にちゃっかり服を着ている。

少年たちの無言の疑問と驚愕に、リィは軽く肩をすくめて答えた。

「岩登り《ロッククライミング》が趣味なんだ」

扉が開いた。

下級生の部屋の見回りは、寮に数人いる監督生が二人一組になって交代で行っている。

今日はザック・ダグラスとショウ・クランシーの二人だった。

部屋の明かりが消えていたので、懐中電灯で一人一人の顔を照らしていき、人数が揃っていることを確認したクランシーが満足げに頷いた。

「異常なし」

4

テニスの練習を始めた次の日、ルウはその生徒に気がついた。

テニスコートの隣には図書館が建っている。

七万冊の蔵書と最新式の検索機能を誇っているが、外見は煉瓦《れんが》の壁に蔦《つた》の絡《から》まる古色蒼然《そうぜん》たる建物だ。

その古びた陰影がテニスコートの明るさと絶妙の対比を為している。

さらに絵になることに、その二階の端の窓に佇《たたず》む生徒の姿がある。

この距離で見ても、なぜか眼を引く少女だった。

背が高く、栗色の巻き毛を長く伸ばしている。しとやかでいながら凛《りん》とした立ち姿で、神秘的な雰囲気すら漂わせている。

眼が合ったので、ルウが軽く会釈《えしゃく》すると、彼女は戸惑ったらしい。それでも窓越しに、躊躇《ためら》いがちに軽く頭を下げてきた。

「あの人は？」

一緒に練習していた二年生のセシリア・ケントに尋ねると、セシリアは笑って言った。

「気がついた？　窓辺の君《きみ》よ」

「えっ？」

「オーブリー・ハウスの二年生グレース・ドーン・キャヴェンティ。きれいな人でしょう？　あの人もテニスをやっていて正選手だったのよ。読書家でもあるから、あの図書室はいわば、グレースの指定席みたいなものね。今でも時々ああして、あの窓から練習を眺《なが》めるのが趣味みたい」

「テニスは上手だった？」

「とっても。彼女が選手だった頃、わたくし一度も勝てなかったもの。グレースなら去年の一年の部は絶対優勝できたと思うんだけど——大会直前に肩を痛めてしまって。今ではすっかりよくなったけど、肩に負担が掛かるテニスは禁物なんですって」

「スポーツはいっさいなさらないの？」

「いいえ。クロスカントリーをやってるわ。激しい運動だけど、球を打ち返す衝撃が肩に掛からない分、いいんでしょうね。かなり記録を出してるわよ」

「彼女、ミシェルのことも見ていたのかしら？」

「もちろんよ。仲良かったもの。時々はミシェルの指導《コーチ》もしてたわ」

　他のコートで練習していた女生徒が歓声を上げた。見覚えのある金髪の少年が運動着姿で、こちらにやってきたからだ。

　気軽に他校の生徒と練習できるのはご近所同士の私立校の最大の利点である。

　何しろ、聖ソフィアと聖トマスの周囲には見事に何もない。ちょっとした陸の孤島なのだ。

　ご近所づきあいが親密になるのは当然である。

　サンディはその点も皮肉っていた。


「全寮制女子校を卒業した生徒はかなりの確率で、近所の男子校の卒業生と結婚するのだという。

　在学中に恋愛関係になっていれば自然なことだが、そこまでの過程が気に入らないようだった。

「学校が巨大な結婚斡旋所《あっせんじょ》でもあるわけよ。本人は自分の意志で相手を選んだって言うんでしょうけど、それしか知らなければ他を選びようがないじゃない。女の子の親にしてみれば、素性も家柄《いえがら》もお墨付《すみつ》きの男の子しかその学校にはいないんだから、娘が誰を連れて来ても『まあよかったわ、おめでとう』って満面の笑みで祝福できるわ。男の子の親にとっても息子が変な女に引っかかる心配がない上、そこには選《え》りすぐりのお嬢さまだけが集められてるんだから、誰でもいいのよ。その女の子がどんな人間かなんてどうでもいい。ただ、その子の苗字と父親の身分を聞いて『おまえにはもったいないお嬢さんだ』って手放しで喜ぶ。馬鹿馬鹿しいったらありゃしない」

　つまりは選択肢を奪われていると言いたいらしい。

しかし、端から見てどんなに鼻持ちならなくても、その方法でその社会がうまく回っているのであれば、部外者が口を出すこともないとルウは思っていた。

憧《あこが》れの眼でリィを見つめる少女たちにしても、そんな大人の思惑など知る由もない。ただひたすら、美しい少年に熱を上げて見惚《みほ》れているだけだ。

肝心のリィはそうした視線には気づかないようで、黒髪の少女のところにやって来て笑いかけた。

「やあ」

少女もこぼれるような笑顔で少年を迎えた。

「ヴィクター、あなたもテニスをやるの？」

「一応ね。だけどまだ本当に始めたばっかりなんで、かなり下手なんだ」

「それなら、わたくしが教えましょうか。それとも──女の子の指導《コーチ》では気に入らない？」

「まさか！　そんなことないよ。教えてくれる？」

控えめに指導を申し出るところも、顔を輝かせて答えるところも、相手のことをよく知らないながら、好感情を抱き始めている少年少女そのものだ。

大勢の生徒が二人を見ていたが、誰の眼にもこの二人が旧知の間柄だとは映らなかっただろう。

さっそく練習に入ったが、試しに打たせてみると、少年の打球は自分で言うように大変な荒れ球だった。

まっすぐ飛んで、勢いあまって金網に食い込んだ硬球を見て、少女は眼を見張った。

「すごい……網がなかったらどこまで飛んでいくかわからないわね」

「だけど、これじゃあテニスにならないよ。うちのクラブの先輩にも何度も姿勢《フォーム》を教えてもらったのに、どうしてもこうなるんだ」

少年はぼやいていたが、これだけの威力だ。

相手コートに入りさえすれば結構なスマッシュになるはずだが、いかんせん制球がめちゃくちゃだ。

悪戦苦闘する少年をじっと見て、少女は言った。

「きっと、ラケットを強く振りすぎているんだわ。少し力を抜いてみたら、きっとよくなると思う」

「こう？」

テニスの技術には素人《しろうと》でも、この少年の運動神経そのものは並みではない。

少女の教え方が的を射ていたこともあって、少し練習しただけで少年の動きは明らかに変わった。

何とか相手コートに打ち返せるようになったので、少女は二人で打ち合いをしようと申し出た。

「危ないよ。まだどこへ飛ぶかわからないのに」

「遠慮しないで、思いきり打ってきて。そのほうが強い球を打ち返す練習になるもの」

念のために、見学の一年生には外に出てもらって、二人は打ち合いを始めた。

初めは軽くてもだんだん動きが速くなる。

少年はまるっきりの初心者でも、少女にはかなり経験があるらしい。どこに飛んでくるかわからない剛速球を、どんな体勢からも巧みに拾って、少年の打ちやすい左右に返してやる。

これでは少年のために球を打ってやっているのと変わらないが、少女は楽しそうだった。

束ねた髪がひらりと舞って白い足がコートを蹴る。

少年の頰《ほお》も薔薇色《ばらいろ》に輝き、金色の髪はそれ以上に煌《きら》めいて、生き生きと走り回っている。

テニスクラブの生徒はややもすると練習を忘れて、この打ち合いを見物していた。

三十分ほども打ち合った後、少年はようやく足を止めて、にっこり笑って少女に礼を言った。

「ありがとう。おかげでだいぶましになった」

「ううん。男の子はやっぱり力が強いわ。返すのが精いっぱい。——もうあがりましょうか」

二人ともさすがに顔中に汗を浮かべている。

コートを離れる二人の後ろ姿を、他の生徒たちはため息とともに見送った。

その生徒たちからは背中しか見えないところまで離れると、リィは歩きながら唐突に言った。

「特に親しい子はいなかったらしい」

「こっちも同じ。誰に訊いてもミシェルには特別な男の子はいなかったって断言するのよ」

「そんなはずはないんだけどな。――百歩譲って、聖トマス以外の男子生徒が相手だっていう可能性はあると思うか？」

「この立地で？　限りなく無理があるわ」

「同室の子はみんな、とっても可愛い子だったたって口を揃《そろ》えてるけど、写真はないのかな」

「見てみる？」

通り道だったので、ルウはリィをクラブハウスに連れていった。

奥はシャワーや更衣室になっていて、当然男子は立ち入り禁止だが、手前のフロアは開放されていて、様々な盾《トロフィー》や賞状、そして写真が飾られている。

もっとも新しい写真は先日の大会のものだった。

選手全員が集合している記念撮影の他、各部門の優勝者が優勝杯を抱いて写っている写真がある。

一番年下の少女がミシェル・クレーだ。

確かに可愛い少女だった。愛らしいだけでなく、利発そうな顔立ちでもある。優勝の歓びに青い眼がきらきら輝き、やわらかな金髪が額《ひたい》に掛かっている。

身体はあまり大きくないが、頭は小さく、手足は細いながらもよく伸びて、均整が取れている。

若さにはち切れんばかりの、いかにも溌剌《はつらつ》とした少女だった。

同室の少年たちが、一年生の中では一番だ
ったと絶賛するのもなるほど頷《うなず》ける。

「これの他に写真は？」

ルウは苦笑して首を振った。

「シェラと同室の子が写真技術を取ってるんだけど、彼女が言うには、その授業で真っ先に教わることは、絶対に人間に対して撮影窓《ファインダー》を向けてはならない――だそうよ」

リィはため息を吐いた。

「……射撃訓練の注意事項だな」

「どうしても人物を被写体に選ぶ時は、必ず事前に被写体本人に許可を取ること、その証拠として必ず撮影した写真に本人の署名をもらうこと、ですって。この二点を守らずに人物を撮影したら、その時点で落第らしいわ。厳しいわよね」

そう言いながらルウは笑っていた。

「あたしはちょっと安心した。今のあたしを写真に取られたら後始末が難しくなるもの」

「だけど、まさかこれを借りるわけにはいかないし、友達同士でも撮ったりしなかったのかな？」

「――そんなにミシェルの写真が欲しいの？」

「学校の中を探しても限界みたいだから、街へ出て地元の人に訊いてみようかなと思って。――その時、写真があれば便利だろう？」

あくまで調査のために必要なんだというリィを、ルウは何だか困ったような眼で見返した。

「いい手だとは思うけど、あなたがそれをやるのはやっぱり無理があるわ。悪い意味で目立ちすぎる」

「だろうな」

そのくらいのことはリィにもわかっている。

では なぜ、こんなことを言い出したのか？

鮮やかな緑の瞳《ひとみ》が今は少女の姿をしている相棒をじっと見つめた。

自分はこの魂《たましい》を知っている。

どんな形《なり》でいても、見た目がどれだけ変わっても、この魂だけは決して変わらない。

だから、ルウのやることなら絶対に信じられると断言できる。断言はできるが、何も話してくれないことが少しばかりもどかしいのも確かだった。

まじまじと見つめられて、青い瞳が不思議そうに瞬いた。

「どうかした？」

リィは苦笑して首を振った。

「いや……、つくづく修行が足らないと思ってさ」

突然言われてもそれこそわからない。

意味を問い返そうとした時にはリィは踵《きびす》を返してクラブハウスを出て行った。

ルウも黙ってその後に続いた。

建物の周囲には散歩に適した林があり、遊歩道がつくられている。

環境の良さはどの学校も力を入れるところだから、聖ソフィアの校内もふんだんに緑を取り入れている。

陽射しの降り注《そそ》ぐ木立の中をゆっくりと歩くのは気持ちがよかった。休憩のためのベンチが現れると、二人は申し合わせたように腰を下ろした。

「関係ないかもしれないけど、服を盗まれたよ」

「えっ？」

リィから詳しい話を聞いたルウは驚くというより、何とも言えない奇妙な顔になった。

「それ……いやがらせじゃないんじゃない？」

「じゃあ何？」

本当に不思議そうに訊かれて、黒い天使は思わず天を仰いだ。

昔からそうだ。この相棒は自分の容姿に関して、とことん無頓着《むとんちゃく》なのである。

中身はともかく、見た目は今でもとびきり可愛い女の子にしか見えないというのにだ。

ましてや、リィが今いるのは『男子校』である。

上流階級の子弟ばかりが通う学校だと言っても、いくらすぐ近くに女子校があって、女子との交流が盛んだと言っても、十三歳から十八歳の少年たちが集団で暮らしているのだ。そこにこんな可愛いのが飛び込んできたのだから、やはり、何かしら具合の悪いことが生じたのではないだろうか。

もちろん、少年たちが変な気を起こしたとしても、リィならびくともしない。しかし、周囲のためにも、少しは自覚しておいたほうがいい。

そう思って、ルウは慎重に言葉を選んだ。

「それはね、あなたがとても可愛いから」

どんな罵倒《ばとう》が返ってくるかと警戒して身構えたが、反応がない。訝《いぶか》しく思って横を見てみると、リィはベンチにもたれかかって眼を閉じていた。

かすかな寝息が聞こえてくる。

肩は自分のそれに触れるか触れないかのところで

止まり、金色の髪が一房、すぐ眼の前で揺れている。

　ルウは小さな息を吐いて、微笑した。

　この金色の生き物は普段は非常に用心深いくせに、自分の周りに人がいないとなると時々こんなふうにすとんと寝てしまう。

　いつものことなので驚きはしなかったが、今回はまたとびきり唐突だった。

　そっと顔を覗《のぞ》き込んでみたが、本当に眠っている。リィが普段暮らしているフォンダム寮は個室だが、今は数人の少年と同じ部屋で寝起きしている。剛胆なようでも野生動物は環境の変化に敏感だ。もしかしたら、自分では気づかなくても、多少の緊張を強《し》いられていたのかもしれなかった。

　金色の頭が中途半端なところで止まっている。

　ぐらりと揺れて倒れて来そうに見える。

　いっそ肩を抱いて引き寄せようかとも思ったが、下手に身動きすると起こしてしまいそうだ。

　それは本意ではない。

　だから、ルウは動こうとしなかった。

　ただじっと隣に座っていた。


　シェラは息を飲んでいた。

　黒い髪と金の髪が並んでベンチに座っているのが木立の間に見える。

　この人たちが一緒にいるのはある意味当然だから、驚いたのはそんなことにではない。

　ベンチに緩《ゆる》く腰掛けたリィは眼を閉じていた。眠っているように見えた。

　それだけでも眼を疑ったのに、隣に座った黒髪の人はその寝顔に優しい視線を注いでいる。

　そんな至近距離で見つめられているにも拘《かかわ》らず、リィは眼を覚ます気配もない。

　信じられなかった。

　足音を殺して、そっとその場を後にした。

　充分に離れたところまで来ると、シェラは持参のラケットを両手で抱きしめて大きく深呼吸した。

息を詰めて様子を窺《うかが》っていたから、動悸《どうき》が速くなっている。

リィが来ていることを聞いて探していたのだが、いやはやとんでもないものを見たと思った。

シェラの知る限り、リィは人前で眠ったりしない。そんなことはあの人の野生の本能が許さない。

大勢と一緒に雑魚寝《ざこね》しても、他の誰より後に寝て、誰より先に起きている。

そういう習慣が身に付いている人なのだ。

そのリィがあんなに無防備に居眠りしているとは、新鮮な驚きがあった。感動ですらあった。

同時に、野生の獣《けもの》は滅多なことでは人前で寝たりしないものだと言った人を懐かしく思い浮かべる。

だからその獣が寝ているのを見るとほっとすると、何となく嬉《うれ》しくならないかとも言っていた。

つまり、そういうことだ。

黒い天使の隣でならあの獣は安心して眠れるのだ。

リィの使う『相棒』という言葉がどういう意味か、こうなってみるとしみじみわかる。

ラケットを抱えた一年生が二人、こちらへやって来るのが見えて、シェラは急いでその二人を遮《さえぎ》った。

「ちょっと待って」

この先へは行かないように言うと、相手は興味を持ったらしい。

「なあに？　何かあるの」

「今そこで、ルウがヴィクターと……話してるの。だから、わたくしたちは遠慮しましょうよ。邪魔をするのはよくないわ」

少女たちは大いに好奇心を刺激されたようだが、さすがにわざわざ覗きにいくほど不作法ではない。

それよりも別の興味があったらしい。

一緒に回り道をしながら、一人が興味津々《しんしん》の顔で尋ねてきた。

「シェラはヴィクターが好きなんじゃないの？」

「ええ、好きよ。――とってもきれいな人だもの」

見た目ではなく、中身が。

心の中でつけ加えた言葉はもちろん少女たちには聞こえない。誇らしげに胸を張って答えたシェラに、二人は少し面食らったように尋ねてきた。

「――いいの？」

「何が？」

二人は「だって……」と口籠《くちご》もり、妙にシェラに遠慮しながら言ってきたのである。

「ヴィクターがルウとつきあうことになっても……本当にいいの？」

紫の瞳をぱちくりさせたシェラだった。

何を言われたのかわからなかったが、少女たちは同情しているような、好奇心を抑えきれないような、何とも複雑な顔つきでシェラを窺っている。

危《あや》うく吹き出すところだった。

すんでのところで堪《こら》えたが、これはもしかして、もしかすると……自分たちはいわゆる三角関係だと思われているのだろうか？

普段ならすぐに立て直せるのに、気を抜くと顔が笑いに歪《ゆが》みそうになる。その衝動は懸命に抑え込み、微塵《みじん》も表には出さなかった自信があるが、こんなに表情をつくるのに苦労した覚えはかつてない。

正体がばれたら即座に殺される密偵時代の経験と心得《こころえ》を最大限に発揮して、シェラはかろうじて、困ったように微笑むことに成功した。

「そんなことを言われても、わたくし……」

痙攣《けいれん》寸前のシェラの我慢を、少女たちは躊躇《ちゅうちょ》だと思ったらしい。熱心に言ってきた。

「どうしてそこで引き下がるの？」

「シェラは本当にきれいだもの。相手がルウだって負けたりしないわ。遠慮なんかすることない」

遠慮するつもりも張り合うつもりもないんですと、心の中で力説したが、表向きはあくまで悄然《しょうぜん》と首を振ってみせる。

「それは無理よ。だって、わたくしはルウのことも同じくらい大切なお友達だと思っているんですもの。

――あの二人が仲良くしてくれるなら、わたくしも心から嬉しく思うわ」

　これは掛け値なしの事実だったが、二人の少女は不満そうに口を尖らせたのである。

「嘘《うそ》よ、そんなの」

「そうよ。どうして最初から諦めるの？　シェラにチャンスがないわけじゃない。告白してみなければ結果なんかわからないでしょう」

　絶望的な表情で天を仰いだシェラだった。

　もし神というものが本当にいるなら今こそ助けてもらいたいと真剣に祈ったが、その祈りは届かない。

　代わりに予想外の人が助けてくれた。

「やあ、シェラ」

　さっきまで眠っていた人が笑いながら、こちらへ向かって歩いて来る。ルウも一緒である。

　シェラは咄嗟《とっさ》に極上の笑顔で応じた。

「こんにちは、ヴィクター」

　ルウも笑顔でスコート姿のシェラに話し掛けた。

「今日はずいぶん来るのが遅かったのね。あなたと対戦するのを楽しみにしていたのに」

「ええ、課題が長引いたものですから……」

　弁解しながらシェラはそっとリィに目くばせした。

　話があるというその合図に反応したのは意外にもルウのほうだった。にっこり微笑むと、訳知り顔で一年生の少女たちを促したのだ。

「さ、それじゃ、わたくしたちは退散しましょうか。お邪魔したら悪いわ。——またね、ヴィクター」

「うん。またな」

　リィも何喰わぬ顔で手を振り、その場にはリィとシェラの二人が残された。

　シェラはルウの後ろ姿に眼をやって、悪戯《いたずら》っぽく話し掛けた。

「わたしのほうがお邪魔だったのでは？」

　居眠りを見られていたと知って、リィも笑った。

「疲れてたのかもな。宿題の量は半端じゃないし、寮は六人部屋で、なかなか落ちついて寝られない。——いやがらせの泥棒まで出たしな」

そのいやがらせの内容を聞いて、シェラも奇妙な顔になったが、それはひとまず後回しにした。

「何かわかりましたか？」

「いや、それをおれも訊こうと思っていたところだ。全然手応えがない」

「こちらもです」

リィは校門を目指し、シェラはそれを送る格好で、校門への分かれ道まで並んで歩いた。

広い学校なので、それだけでも結構な距離になる。見渡す範囲に人の姿と気配がないことを確認して、シェラは歩きながら口を開いた。

「あの人は……何を考えているのでしょうね」

「ルーファのことか？」

「ええ」

頷いたシェラは難しい顔だった。

「どうやら、わざと目立とうとしているようですね。それもミシェルと同じ歌とテニスで。校内ではあの人のファンクラブもできようかという勢いです」

思わず唸《うな》ったリィだった。

ルウが真面目に学業や歌に取り組んだとしたら、めちゃめちゃ目立つに決まっている。

テニスの打ち合いをしている時から気になってはいたのだ。自分の荒れ球は本当だが、それを残らず打ち返す力と技術のある十四歳の女子は普通いない。

「そりゃあ、まずいな……」

「はい。まったくうまくありません。この週末には声楽の教授があの人の歌を聴きに来るそうです」

リィはますます絶望的な顔になった。

「まさかとは思うけど……いったいどの程度の力で歌ってるんだ？」

直接聴いたわけではありませんが、と前置きして、シェラはしかし、きっぱりと言った。

「教授に聴かせてしまったら、何が何でもあの人を国立歌劇場の舞台に立たせようという話になるのは間違いありません。——学長直々のご依頼を無下《むげ》にできないのはわかりますが、面倒なことにならないうちに引き上げたほうがいいのでは？」

「おれもその意見に全面的に賛成だが、ルーファはまだここで粘《ねば》るつもりらしい」

歩きながら、リィは肩をすくめている。

「諦めてつきあうしかないだろう。もともと今度のことに関しては、おれたちは部外者なんだ」

「そうなんですか？」

「ああ。――一緒に来て。ただし手出しはしないで。たぶん、そんなところだ」

シェラは驚いて足を止めた。

「ルウがそう言ったんですか？」

「言わない。だけど、言われなくてもわかることもあるだろう？――困ったことに」

同じく立ち止まったリィは苦笑していた。

困ったと言いながら表情はまったく逆である。

濃緑の瞳にはこれまで何度も見た強い光があって、それで充分だった。この人が黒い天使を信じるなら、自分はこの人を信じるだけだ。


シェラも微笑して、肩をすくめてみせた。

「では、もうしばらくおつきあいしますか」

「ああ、どうせここまで来ちまってるんだ。だけど、おまえのほうこそ苦にならないか、その格好？」

「わたしはこれが本職ですよ。ご存じでしょうに」

シェラは呆れて言い返した。

物心ついた時から、『いかにして女に見せるか』『本物の女で通せるか』というのが自分の至上命題だったのだ。

「だから感心してるんだ。長い女官服ならともかく、そんな短いスカート穿《は》いて、テニスみたいな激しい運動をして、よくごまかせてるもんだと思ってさ」

リィはおもしろそうに笑っている。

「同室の連中がシェラのことを夢中で話してたぞ。一年生の中ではとびきり可愛いって」

実際、白いスコートから覗く足はすらりと長く、足首は引き締まり、身体つきも微妙な丸みを帯びて、どう眼を凝らしても少年と見るのは無理があるが、シェラも負けじと言い返した。

「人のことは言えないでしょう。あなたのほうこそあまり安気《あんき》に構えているのは考えものですよ」


聖トマスは、部活動のために生徒が平日に他校を訪れることは認めているが、門限は厳しい。

今の時期なら六時までに自分の寮に戻らなくてはならないと規則で決められている。

シェラと話して遅くなったものの、リィは何とかぎりぎりにクラウン・ハウスに戻ることができた。

帰寮から夕食までは教師と懇談《こんだん》の時間である。

授業でわからなかったことを教わったり、もっと気楽な雑談をしたり、今後の授業についての相談を持ちかけたりする。こうしたところから住み込みの教師は生徒の親代わりとして慕《した》われるのだろう。

その後が夕食だ。

聖トマスの食事はそれぞれの寮の食堂で、生徒と教師全員が揃って摂《と》る習わしである。

長い机にずらりと並んで、大勢でいっせいに摂る食事は自由な連邦大学の寮に慣れたリィにとっては少々窮屈な時間だったが、上流社交界ではこうした形式の正餐会《せいさんかい》がよく開かれる。

十代の頃から作法を学ぶのは大切なことなのだ。

会話を絶やさないことも重要な礼儀の一つだから、生徒は積極的に友達に話し掛けるし、友達の話にも熱心に耳を傾ける。一人黙々と食べているようでは非社交的という烙印《らくいん》を押されてしまう。

食事の後は憩《いこ》いの時間だ。

生徒たちは寮内の談話室や趣味の部屋で遊んだり、手作業を嗜《たしな》んだりする。リィも談話室で他の部屋の少年たちと少し雑談してから三階の部屋に戻った。

ところが、一歩部屋に入って驚いた。

盗まれたはずの服とバスタオルがきちんと畳んで、寝台の上に置かれていたのである。

寝台の前の床にはちゃんと靴《くつ》も揃えてある。

「——これ、どうしたんだ？」

先に部屋に戻っていたジョンストンに尋ねると、彼は今初めてそれに気づいたようで、首を振った。

「知らないよ。最初からそこにあった」

机に向かっていたアングルも言う。

「モンドリアンが自分で置いたんじゃないのか？」

とんでもない。朝、部屋を出る時にはなかった。

授業後、制服を着替えるためにいったん戻ったが、その時もなかった。

必然的に、放課後から今までの間に誰かが置いていったことになる。

リィはしばらく戻ってきた衣類を見つめていたが、やがて慎重な手つきでシャツを取り上げた。

警戒しながら臭いを嗅《か》いでみる。

寮で使われている洗浄剤の香りがした。

寮には洗濯室《ランドリー》があって、自分の洗濯《せんたく》ものは自分で洗う決まりになっているから、この臭いがするのはある意味当然だが、これは洗い立ての香りである。

他の衣類も一枚ずつ取り上げて嗅いでみた。

すると、リィが部屋から持っていった着替え用の下着とバスタオルだけは洗われた形跡がない。

ジョンストンが呆気にとられた顔で尋ねてきた。

「……何してるんだ？」

真剣そのものの表情で服の臭いを嗅ぐリィの姿はさぞかし異様に見えたに違いない。

リィはジョンストンを振り返ろうとはしなかった。

手にした服を睨《にら》みつけるようにしながら言った。

「もともと洗ってあるものをもう一度洗うのは二度手間だよな？」

「はあ？」

「律儀な泥棒だ」

生徒には一人ずつ衣類戸棚《クロゼット》が与えられているが、リィはその服を戸棚にしまおうとはしなかった。

ひとまとめにして塵箱《くずばこ》に放り込んだ。

翌日の午後、リィは運動の教師に頼んで、特別に六年生の授業に参加させてもらうことにした。

今日の科目はクロスカントリー競走だった。

六年生のコースは十キロである。四キロのコースより遥《はる》かに勾配《こうばい》もきつく、足下も不安定な十キロだ。

一年生には少しばかり荷が重すぎるが、四キロのコースを難なく完走したリィの力を見ているだけに、担当教師も参加を許可してくれた。

同じ授業に参加した六年生は全部で十人。

最上級生ともなると身体もかなり大きい。リィがその中に混ざると、大人と子どものように見える。

六年生のほうも一人だけ華奢《きゃしゃ》な少年がいることに驚いていた。その中でもクラウン・ハウスの監督生ザック・ダグラスは眼を見張って言ってきた。

「モンドリアン。ここで何をしているんだ。一年は向こうのコースだぞ」

「今日はおれもここを走るんだよ」

「何を言う。このコースは一年生には無理だ」

「大丈夫だってば。先生も許可してくれたんだから、途中でひっくり返ったりしないよ」

実際、教師同士の連絡が行き届いているらしく、六年の担当教師はリィを見ても驚かない。

位置に着くようにと生徒たち全員に声を掛ける。

問答をしている暇はない。ダグラスも出発点《スタート・ライン》についたが、それでもまだ半信半疑の顔で忠告した。

「無理だと思ったらすぐに棄権《きけん》しろ。本当に倒れるぞ。意地になって完走を考えたりするな」

リィは素直に答えたのである。

「わかった。ゆっくり行く」

走り始めたら他人を気にしている余裕はない。

十人の六年生は先を争うように山の中へ突入していった。

逆にリィはわざと遅れて最後尾についた。

先頭に立ったのはダグラスだった。後続の生徒をぐんぐん引き離して独走態勢に入る。

監督生に選ばれるだけあって、ダグラスは運動も得意だった。クロスカントリーは彼の独擅場《どくせんじょう》で、二位以下を取ったことがない。

今日もダグラスは勾配をものともせずに飛ばして、三十分と経たずにコースの三分の一ほどを走ったが、そこで自分の前に現れた人を見て思わず足を止めた。

競走の最中に立ち止まるなどあるまじきことだが、それほど驚いたのだ。

「モンドリアン！」

「やあ、ダグラス」

この少年が最後尾を走っていたことをダグラスは知らない。だが、走り始めてからダグラスはずっと首位を独走していた。

自分の前を走る生徒がいるはずはないのに――。

「なぜ、ここにいる⁉」

「コースの間を突っ切ったんだよ」

このコースは途中で細長い輪のようになっている部分がある。

コースを外れて輪の根本から根本へと突っ切れば、確かに大幅に距離を短縮して先回りも可能だ。

ただし、その途中には無論、道などない。

原生林に覆《おお》われた山の中を走ることになる。

そんなことが一年生にできるかどうかは別として、今のダグラスにはそこまで考える余裕はなかった。

息を荒らげながら言い渡した。

「では、すぐに戻れ。元のコースに戻れば、今なら黙っていてやれる。こんな不正をしたとわかったら、減点では済まないぞ」

「もちろん話が済んだら戻るさ。こうでもしないとダグラスと二人きりで話ができなかったからな」

ぐずぐずしていては後続の選手が追いついてくる。

リィは単刀直入に言った。

「どうしておれの服を盗んだんだ？　しかも、一度盗んで返すなんて」

ダグラスはまさに絶句した。

思わぬ指摘が信じられなかったのだろう。額まで真っ赤になって、憤然と言い返した。

「失敬だぞ！　モンドリアン！」

「そうやって逆上するのは認めたのと同じことだぞ。

ダグラスがやったのはわかってるんだ」

リィは至って冷静に話していた。

「見回りに来た時、おれを見て驚いていただろう？　どうしてここにいるのかって。浴室で立ち往生しているはずじゃないかって。ちゃんと顔に出てた」

「嘘をつくな！　あの暗がりで見えるわけがない！　灯りはクランシーが持っていたんだぞ！」

理性的な判断である。

懐中電灯で照らした側には一年生の顔が見えても、一年生のほうからはその眩《まぶ》しい光が見えるだけで、廊下に立っていた人の表情などわかるはずがない。

「多少暗くても、おれにははっきり見えるんだよ。そうしたらご丁寧《ていねい》に盗んだ服を洗って返してきた。ただし、全部洗わなかったのは失敗だったな。長い間ダグラスの部屋に置いてあったから、タオルにはおまえの臭いがしっかり残ってた」

「言いがかりだ！」

臭いなどと言われても納得できるはずもないが、リィの口調には確信と同時に訝しげな響きがあった。

「監督生が一年生に規則を破らせる。これも立派な不正行為だと思うんだがな。わからないのは理由だ。ダグラスがどうしてそんないやがらせをするのか、ずっと考えてたんだが……」

シェラの忠告を思い出して、リィは苦笑した。

「ひょっとすると、おれの裸《はだか》が見たかったのか？」

たちまち茹《ゆ》で蛸《だこ》のようになったダグラスの顔から、さらにものの見事に血の気が引いた。

一瞬で土気色に変じた唇が震えている。

その表情が何より雄弁な答えだった。

リィはやれやれと肩をすくめたのである。

「後続が来る。話はまた後でしょう。急いで走れよ。追いつかれるぞ」

そう言うなり少年の細い身体は藪《やぶ》の中に消えた。

ダグラスは放心状態で立ちつくしていた。

本当にあの少年はここにいたのか、今のは夢かと危ぶんでいたのだが、人の気配が近づいて来る。

慌てて我に返って走り出した。

こんな長距離走で一度止まってしまった足を再び動かすのは難儀なことだったが、ダグラスは見事に遅れを挽回して、この日も先頭でゴールした。

一方、リィの順位は振るわず、最下位だった。

ただし、五歳も年上の六年生にほとんど離されることのない最下位だったのだから上出来とも言えた。

一年生にしては驚異的な記録である。

しかも本当に無理をせずにゆっくり走ったようで、ほとんど息も切らしていない。

これなら本格的に練習すれば学年新記録も夢ではないと、ぜひやってみるといいと、教師は太鼓判《たいこばん》を捺《お》してくれた。

その勧告を受け入れて、リィは夕食後、屈託ない笑顔でクロスカントリーの名手に話し掛けたのだ。

「ダグラスの部屋まで遊びにいってもいい？」

他の生徒にはわからなかっただろうが、気の毒にクラウン・ハウスの監督生は硬直した。

「本格的にクロスカントリーをやろうと思うんだ。だから、何か助言《アドバイス》があったら聞かせて欲しくて」

聖トマスの寮生活では、上級生が下級生の面倒を見るのは自然なことだ。

差し障りにならない範囲なら、上級生が下級生の相談に応じることも珍しくない。

クロスカントリーに掛けてはクラウン・ハウスでダグラスの右に出るものはいない。他の寮生たちもダグラス自身もそれを知っているから、ダグラスはこんな時に、もっとも自分が言いそうなことを硬い声で言った。

「ああ、いいとも」

最上級生の部屋は四階にあり、中でも監督生には他の生徒よりかなり広い部屋が与えられている。

ダグラスは意図的に部屋の扉を閉めなかった。

自分と二人きりで密室に籠もるのはリィのほうが警戒して、いやがるだろうと思ってのことだったが、リィはそんな配慮には無頓着だった。

きちんと扉を閉めて、鍵まで掛けた。

部屋の中で二人きりになってしまったダグラスは、まるで断頭台に登らされる死刑囚のような顔をして、小さな少年を見下ろしたのである。

「軽蔑してるだろう……?」

彼の感じている激しい羞恥《しゅうち》と居たたまれなさはリィにも察することができたが、首を振った。

「おれはダグラスの性癖には興味がないよ。それは個人の嗜好《しこう》だ。今の法は、少なくとも連邦加盟国の法律では、同性愛者は何の罪にも問われないはずだ。だけど、泥棒は立派な犯罪だ。——ついでに言えば、下級生にわざと規則違反をさせるのも監督生として褒《ほ》められた行動とは言えないぞ」

「……わかってる」

「じゃあ、なんでやった?」

「……わからないんだ」

崩れるように寝台に座り込んだダグラスは苦悩に頭を抱えている。

「……あんなことは一度もしたことがない。誓って、やろうとも思ったことはない。それなのに……」

自分で自分が信じられないと慨嘆《がいたん》するダグラスに、リィは冷たく言った。

「悩むのはいいけど、自分の根性の惰弱《だじゃく》さを人のせいにはするなよ。心外もいいところだからな」

「えっ?」

「おれの知っている同性愛者はたいていこういう時、『おまえが悪いんだ』とか『おまえのせいだ』とか喚《わめ》き出すからさ。おれがそいつらを挑発したとでも言いたいらしいが、そっちで勝手に欲情しておいて何たる言いぐさだ。おれとしては狙われたことより、そっちのほうが腹が立つ」

ダグラスは呆気にとられてリィを見つめ、リィはさすがに不愉快そうな表情と皮肉な口調で答えた。

「この顔だぞ。今まで言われなかったと思うか?」

「でも、きみは……違うだろう?」

「その目的語は?」

「きみは……つまりその……」

　十三歳の少年に言っても許される言葉を探して、ダグラスは口籠もった。

「……そういう傾向の人間じゃないだろう？」

「まあ、少なくとも男の裸を見たいとは思わない」

　その言葉にまたダグラスは思いきりへこんだので、リィは苦笑して声の調子を和《やわ》らげた。

「そんなに落ち込むなよ。咎《とが》めるつもりはないって言ってるだろう。おれには理解できない趣味だけど、ダグラスがおれの服に頬ずりしながら右手を股間にやったとしても……」

「そんなことはしてない!!」

　弾かれたように立ち上がったダグラスに、リィはむしろ驚きの表情を浮かべた。

「そのために盗《と》ったんじゃなかったのか？　ここは個室なのに」

「モンドリアン!!」

「隠すことはないだろう。それじゃあ、おれの裸を見てからやるつもりだったのか？」

　からかうでもなく、軽蔑するでもなく、真面目にこんなことを言われてはたまらない。

　ダグラスは世にも情けない顔になった。

　怒り、焦《あせ》り、狼狽《ろうばい》、そして激しい苦悩と後悔。

　表情の見事な見本市だとリィが感心している間に、ダグラスは我を折って、眼をそらした。

「……あの時のぼくは正気じゃなかった――本当だ。とんでもないことをしてしまったと、すぐ後悔した。どうやって返そうかと、そればかり考えてたよ」

「そうか」

「信じてないな？」

「いや、ダグラスがそう言うなら信じるよ。おれと二人きりになったら、とたんに鼻息を荒くして飛びかかって来るかと思ったけど、今のところ冷静だし、そんな気配もないしな」

　その、いつ飛びかかって来るかわからない相手を前にして、リィはなぜか感心したような顔だった。

興味深そうな眼で背の高い少年を見上げている。

「今までの例で言うと『おまえが悪いんだ』の後はたいてい『おまえさえいなくなれば』だったからな。やるだけ無駄なのにこっちの首を絞めようとしたり、刃物を持ち出したりするのさ。そいつらに比べたら、ダグラスはずいぶん理性的なほうだよ」

そんなことで褒められて嬉しい人間はいないので、ダグラスは弱々しく笑ってみせた。

「そんな連中と一緒にするなと言いたいところだが、今のぼくが何を言っても無駄か……」

「そういうことだ。自分で自分の信用を貶《おとし》めるのは馬鹿げてるぞ」

少しも臆する様子もなく堂々と口をきく少年を、ダグラスは理解しかねる顔で見つめていた。

「きみは……それほど性犯罪の被害に遭《あ》いながら、どうしてぼくの部屋にいるんだ?」

「その言い方は正しくないな。実害に遭ったことは一度もない。襲いかかってきた連中はみんな急所を蹴り上げて悶絶させてやったからな」

ダグラスがその言葉を疑う気になれなかったのは、ごく当たり前のことを言う口調だったからだ。

今までの態度からしても、この少年がダグラスを恐れたり警戒したりしていないことは明らかだ。

見た目は抱きすくめたら折れそうなくらい細くて、天使のように美しいが、この少年は今言ったことが間違いなくできるのだと理解した。

「連中の何人かは再起不能になったかもしれないが、それこそ自業自得だ。ダグラスが妙な真似をしたら同じ目に遭わせてやるだけのことだ」

ダグラスは首を振った。

「きみに知られた時から覚悟は決めたつもりだった。ぼくは、監督生としてふさわしくない行動を取った。自分の口から舎監に告白するのが本当だろうが……きみに任せる」

悲壮な決意の滲《にじ》み出ている言葉だったが、今度はリィが笑って首を振ったのである。

「任せられても困るよ。服を盗まれたことは誰にも言ってないんだ。ちゃんと戻ってきたしな。ただし、他の臭いの付いた服は着られないから捨てたけど、それはおれの都合だ。被害は何もなかったんだから、問題にするつもりもない」

ダグラスが探るような眼でリィを見た。

そのダグラスに言い聞かせるようにリィは真顔で言葉を続けたのである。

「おれには同性愛嗜好は理解できない。しようとも思わない。だからといって、軽蔑したり嫌悪したりする気もないんだ——そっちが礼儀を守る限りは」

打ちひしがれていたダグラスの顔が険《けわ》しくなる。

「……何が狙いなんだ？」

リィはちょっと眼を見張って微笑した。

「察しがいいな、実は頼みがあるんだ」

「断る」

即答だった。

ただでさえ険《けん》のある眼に激しい怒りさえ浮かべて、ダグラスは言った。

「ぼくは確かに最低の行為をした。それは認める。だからこそ脅迫《きょうはく》に屈するつもりはない。一つの罪を隠すために別の罪を重ねたりしたら、ぼくは本物の卑劣漢《ひれつかん》だ。そこまで堕《お》ちようとは思わない」

弱みにつけ込まれると思って興奮するダグラスにリィは困ったように肩をすくめた。

相手をなだめるように、やんわりと笑いかける。

「ちょっと落ち着けよ。頼みごとって言っただけで脅迫か？　いくら何でも被害妄想が過ぎるぞ。第一、それはおれに対してずいぶん失礼な話じゃないか」

その通りなので、ダグラスはひとまず沈黙した。

「おれの頼みは別に違法なことじゃないし、不当な要求でもない。一ヶ月前、街で起きた事件について知りたいだけなんだ。校内にいる限り、外の情報はおれには何もわからない。監督生なら、ある程度は自由に外部と接触できるんだろう？」

「あ、ああ。できるけど……一ヶ月前の事件？」

一般生徒用の端末はかなり機能が制限されていて、限られた端末同士を結ぶやり取りにしか使えないが、監督生の端末はその限りではない。外部との通信も可能である。

「一ヶ月前、聖ソフィアのミシェル・クレーが街で倒れているところを発見され、病院に運び込まれた。その詳しい経緯をここから調べられないか？」

ダグラスは今度こそ不思議そうな顔になった。

「できると思うが、どうしてそんなことを？」

「理由は言えない。個人的なことなんだ。もちろん犯罪絡《がら》みなんかじゃないことは保証する」

声に力を込めて、リィはその部分を強調した。

「おれはミシェルに何があったのか知りたいんだ。それだけなんだよ。協力してくれないか」

真面目に考え込んだダグラスだった。

この少年は脅迫するつもりはないという。

しかし、頭脳明晰《めいせき》であると同時にかなりの部分で用心深く、それに伴って警戒心も強いダグラスは、本当にその言葉を信じてもいいのかと自問した。

あえて突っぱねてみた。

「いやだと言ったらどうする？」

「別に？　どうもしない。邪魔したなって言って、出て行くだけだ」

「わかった。その足で舎監のところへ行ってくれ」

リィは小さな息を洩《も》らして、自分に邪《よこしま》な感情を持っているはずの相手に無造作に近づいた。

息が掛かるほど間近で見つめられて、ダグラスはたじろいだが、その眼から逃げようとはしなかった。

リィのほうも逃がすつもりは毛頭なかった。

幼い顔に厳しい表情を浮かべて、相手をまっすぐ見つめていた。

こんな睨めっこでは勝負は決まっている。

ダグラスは限界ぎりぎりまで粘ったが、とうとう耐えかねて眼をそらした。

「まだ……きみに謝っていなかった。すまない」

「——後悔してるか？」

「心から」

「二度としないと誓えるか？　おれだけじゃなく、他の誰に対しても」

「もちろんだ！」

「それが肝心だろう。ダグラスは確かに一度は悪いことをしたが、もう二度とやらないと決心している。おれはこの学校の告げ口主義には賛同できないし、何より、たった一度の失敗で、その人間のすべてを頭から否定するっていう傲慢《ごうまん》さも気に入らない」

　自嘲の笑いを洩らしたダグラスだった。

「……その、たった一度の失敗が性犯罪でもか？」

「そんな被害はどこにも発生してない。おれは服を一度盗まれただけだ。窃盗としても軽微なものだし、泥棒は性犯罪じゃないぞ」

「…………」

「ただし、ダグラスを見逃した結果、他の一年生が同様の被害に遭うのはさすがに寝覚めが悪いんだ。――そんなことは起こらないと約束できるか？」

「何を言いたいのかわからないな。ぼくたちの間でどんな約束をしたところで意味がないだろう」

「おれにはある。おれは自分との約束を破った奴を見逃すつもりはない。おまえがおれに嘘をついたら、それ相応の罰をくれてやる」

「無理だな。そんな権限はきみにはない」

　こんな時まで監督生のダグラスにリィは呆れると同時に感心したが、これでは話が進まない。

　どうしたものかと思っていると、ダグラスが意を決したように口を開いた。

「モンドリアン」

「何だ？」

「ぼくは……確かに女性に興味は持てない。ただし、同性に惹《ひ》かれたこともなかった。きみを見るまで」

　リィの眉《まゆ》が吊り上がった。それでも、黙ってこのとんでもない告白を聞いていた。

「公立校と違って、日がな一日女の子のことばかり考えて性の話をするような生徒はここにはいないが、それでも聖ソフィアに憧れや好意を抱く生徒はいる。学年が上がれば特別なつきあいをする生徒も増える。ぼくは違った。今まで女の子に心を奪われることはなかったし、そんな自分に満足していた」

「ダグラス。公立校と違ってというのは偏見だぞ。おれは公立校に通っていたけど、そんな変な生徒は一人もいなかったからな」

妙なところを真面目に訂正して、リィは尋ねた。

「もともと少年趣味ってわけじゃないんだな?」

「違う」

「これがきっかけでそっちに走ることは?」

「あり得ない。きみはさっき他の一年生と言ったが、彼らをそんな眼で見たことはない」

「それはいいことだ。同性愛嗜好はともかくとして、児童淫行《いんこう》はれっきとした犯罪だからな」

言い換えれば、まだ犯罪は何も発生していないとリィは強調したが、ダグラスは首を振った。

「あの夜……きみが浴室に入るのを見た時、身体が勝手に動いた。今もってなぜあんなことをしたのか本当にわからない。強いて言うなら、もしかしたらきみに頼られたかったのかもしれない」

「裸で震えているおれを助けることでか?」

聖トマスに通っているのは体面を大事にする家の子息ばかりだ。男子校とはいえ、転校したばかりの一年生が丸裸で廊下に出て行くような真似は絶対にできない。そこに颯爽《さっそう》と現れて、てきぱきと事態を処理すれば、大いに尊敬の眼差しで見てもらえると、無意識に思ったのかもしれない。

「ああ。本当になんて馬鹿なことをしたのかと思う。それでも……盗んだ服を返せばなかったことになるはずだと一度は思った。自分がこんな……浅ましい真似をしたなんて認めたくなかった。醜い言い訳だ。これでは『おまえのせいだ』と責任転嫁する性犯罪者とどこも変わらない」

まるで呪いのような嘲《あざけ》りと後悔の言葉を聞いて、何となくわかる気がした。

要するに、ダグラスはとことん自己嫌悪に陥《おちい》っているのだろう。明確な処罰を求めるくらいにだ。

「ぼくは……完璧《かんぺき》な人間を目指していた。完全無欠。それこそが理想だった。だからこそ……」

「自分についた疵《きず》が許せない？」

「そうだ」

「だったらなおさら、普通はその疵を隠そうとして、『おまえさえいなくなれば』に傾くんだがな」

「それは最悪の選択だ」

罪を反省するはずが、まるでふんぞり返るようなダグラスの態度に、リィはひたすら苦笑していた。

「十八歳で人生終わりにすることもないだろうよ。だいたい、その歳で完全無欠なんてよく言うもんだ。恐いものなしの歳だから言えるのかもしれないがな。もうちょっと長く生きてみれば、完璧な人間なんか一人もいないってことに気がつくはずだぞ」

ダグラスがさすがに呆れたような顔になる。

「ぼくより五歳も年下のくせによく言うな」

「あいにく、人生経験ってやつが違う」

ダグラスは異を唱えたそうにしていたが、リィは構わず話を続けた。

「自慢じゃないが、おれは性犯罪者には詳しいんだ。だから判定してやるよ。ダグラスは一度失敗したが、まだ充分修正は効くはずだ。大事なのは自分のした行動を恐れること、二度と同じ罪を犯さないことだ。——ダグラスにはそれができるはずだぞ」

「きみがそう言ってくれるのは正直ありがたいが、もう一度言う。きみにそんな権限はない」

「あるね。ダグラスがまた同じことをやるようなら、おれが責任もってダグラスの急所を踏み潰《つぶ》してやる。——それとも自信がないか？　二度とやらないって約束する勇気もないのか？」

それこそ挑み掛かるように言われて、ダグラスは負けられないと思ったらしい。憤然と言った。

「もちろん個人的には約束できる。二度とやらない。——しかし、だからといって！」

「だったら、それでいい。ダグラスは反省してるし、舎監にも何も言う必要はない。いいな？」

決めつけて、リィはとどめを刺した。

「間違えるなよ。ダグラスは許されたわけじゃない。これから執行猶予《ゆうよ》が続くんだ。期間は一生だ」

その宣告は意外にもダグラスの心に響いたらしく、驚きもあらわにリィの顔を見つめ返した。

「今回は見逃してやるけどな。これからおれの眼がいつもダグラスの背中に光っていると思えよ。犯罪抑止力としては結構な効果があるんじゃないか」

ダグラスは明らかに動揺を見せていた。

処罰を求める彼には格好の言い分だったからだ。

それでもまだ躊躇ったのは、こんな私的な処罰でいいのかという抵抗があったからだ。

彼にとっての裁断とはあくまで公的な司法機関か、舎監のような責任者が下すものだったからである。

そう言おうとしたが、強い光を宿したリィの瞳がダグラスの口を閉ざさせた。

弱みを差し引いても五歳も年下の少年にここまで気圧《けお》されたことはかつてない。

言いたいこともいろいろあったし、こんな方法は納得できないとも思っていたのに、結局はその瞳と、断固とした態度に押し切られる格好で、ダグラスは大きな吐息とともに頷いたのである。

「わかった……」

顔には出さなかったが、やれやれと嘆息したのはリィも同じだ。

今まで色々な嗜好の人間を見てきたが、ここまで生真面目で頭の固い同性愛者は初めてだ。

これで完全無欠とは片腹痛いが、気の毒なので、言わないでおいてやることにする。

話も何とかまとまったことだし、さすがに疲れを感じてリィは踵を返した。

「じゃあな」

ひらりと手を振って出て行こうとしたその背中に慌てたような声が掛かった。

「待ってくれ。モンドリアン。きみが——違うのはわかるんだが……」

「言ったろう。男の裸を見たいとは思わないって」

「それなんだが、きみはもしかしたら女の子の裸も見たいとは思わないんじゃないか？」

　これには本当に驚いた。

　きつい眼差しで振り返った。

「どうしてそう思う？」

「いや、何となくなんだが……」

　射抜くような視線を向けられたダグラスのほうがたじろいでいる。

「そんな気がしたんだ。きみの歳なら多少なりとも女の子に興味を持つはずなのに、土曜のパーティに出席した時のきみは……」

　適当な言葉を探してダグラスは考えた。

「ぼくはずっときみを見ていたから気づいたんだが、お洒落《しゃれ》した女の子たちを、きみは憧れとも好意とも違う——観賞するような眼で見ていたから。まるで羽のきれいな鳥か珍しい魚を眺めて楽しむようにだ。あの転校生二人は例外だったと思うが……それでもやっぱり女の子を前にしてときめいているようには見えなかったんだ」

　リィはがっくりと肩を落とした。

　同性愛者、恐るべし。

　何ともはや、侮れない洞察力である。感心すると同時に反省した。

　いくら相手が特殊な性的嗜好を持っているからと言え、こうも簡単に心情を見抜かれるとは、自分はつくづく修行が足らない。

　相棒が頻繁《ひんぱん》に言うことだが、自分の容姿はかなり人目を引くものらしい。人にじろじろ見られるのも興味を持たれるのも承知しているつもりだったが、それだけでは不十分だと実感した。

　自分が人を観察しているように、自分もまた人に観察されているのだということを、常に肝《きも》に銘じておかなければならないのだ。

苦い笑いを洩らしたが、リィはダグラスの質問にきちんと答えた。

「否定はしない。女の子はきれいだし、可愛いけど、それだけだ」

「恋愛対象にはならない？」

「そういうことだ。ダグラスのほうこそ、どうしてあのパーティに出席したんだ？　女の子と踊っても楽しくないだろうに」

「それとこれとは話が別だ。ああいう場所で女性の相手をきちんと務めるのは紳士の義務だぞ」

あくまで真顔で言ってのけるダグラスに、リィは再び苦笑した。

「立派な信念だ」

5

水曜の昼休み、ルウとシェラはグレースのことを話題にしていた。

「テニスクラブの子に聞いたんだけど、ミシェルが夕食の後に特別に練習する時は、いつもグレースが個人的な指導に当たっていたんですって」

「クラブを辞めた人なのにですか？」

「去年のグレースは本当に優秀な選手だったのよ。指導能力がある人なのは確かだから、先生も認めていたみたい。ミシェルもそれを希望したらしいわ」

それにしても夕食後の練習とは極めて異例だ。

聖ソフィアのクラブ活動は、特に運動系は最高の質を誇っているが、決して過剰な量にはならない。

いわゆる特訓とかしごきとかいう言葉とは無縁の練習風景なのである。

生徒自身が自分に向いていると思う方法で練習を進めるやり方は、勝手気ままであるとさえ言える。

「その人が、陽が暮れた後もミシェルと頻繁《ひんぱん》に顔を合わせていたという事実は重要ですよ」

食後のプリンを食べながらシェラは言った。

シェラ自身は特に甘いものを好むわけではないが、普通の十三歳の女の子は好きなはずである。いわば、これも女の子らしく見せる手段の一つだ。

「人間の心理として、昼間に会って話すよりずっと壁が低くなりますから。わたしたちもぜひその人の話を聞いてみたいところですが、図書室へは訪ねていかないいんですか？」

「それがそう簡単じゃないのよ。話を聞いてみると、グレースが陣取っているのは図書館の中でもかなり特殊な文献《ぶんけん》ばかりを集めた一室らしいわ。持ち出し禁止の古い書籍ばかりだから、グレースも仕方なくそこに通い詰めているわけね。予備知識もないのに押しかけて行っても変に思われるだけよ」

　ましてや訪問の理由が『ミシェルの話を聞かせてほしい』というのでは極め付きに変だ。

　ルウは嬉々《きき》としてチョコチップアイスクリームを食べていた。それも特大、ナッツのトッピング付き、ドライフルーツケーキ添えという代物だ。

　聖ソフィアも食事には気を使っている学校なので、味は申し分ない。

　半分義務で食べているシェラと違って、こちらはどう見ても幸せそうである。

　苦笑しながらシェラは訊いた。

「何か策は？」

「あるわ。こっちから行けないのなら、向こうから近づいてくれればいいのよ。そこで作戦ね。今日はあたしたちも遅くまで粘《ねば》って練習しましょう」

　というのも、グレースは他の生徒たちがいる間はコートには近寄ろうとしないのだという。

　選手時代を知られている生徒と顔を合わせるのは気まずいのかもしれなかった。しかし、ミシェルの指導を熱心に行っていたことからもわかるように、テニス自体に興味を失ったわけではないのは確かだ。

　自分たちは二人とも転校してきたばかりだから、グレースが敬遠する理由はない。

　とにかくグレースの関心を引くことが肝心である。

　そんなわけで、二人ともこの日の放課後には他の予定は何も入れずにコートに向かった。

　その際、二人は図書館を見上げてみたが、窓にはグレースの姿がない。

　彼女もそうそうテニスの見物ばかりはしていられないだろうし、この時間なら、本来のクラブ活動に顔を出しているのかもしれなかった。

　支度を調えながらシェラは小声で訊いた。

「どうします。引き上げますか？」

「いいえ。ここまで来てそれもおかしいでしょう。せっかくだから身体を動かしていきましょう」

　二人はコートの一面を使って練習を始めた。

初心者同士の練習だが、足の速さと打球の鋭さはそんな事実をまったく感じさせない。

二人が熱心に球を追っている間に陽は傾いて行き、大勢いた他の生徒も一人二人と引き上げて、いつの間にか使われているコートは一面だけになっていた。

シェラの相手をしながら、ルウは何度か図書館のほうに眼をやったが、やはりグレースの姿はない。

もうじき陽が暮れる。

コートには照明設備も整っているが、今日はもうあがろうかとシェラに言おうとした時、金網の外に人の気配があるのに気がついた。

辺《あた》り一面を染める華やかな夕陽の中にグレースが立っていた。

ルウは思わず足を止めて、その姿を見つめ返した。

当然シェラもそれに倣《なら》った。

シェラはグレースを見るのは初めてだが、ルウの態度からこの人がそうかと察した。

窓辺の君《きみ》という愛称がなるほどよく似合う。

色が白く、知的な顔立ちで、栗色の長い巻き毛が夕陽に輝いている。若木のようなすらりとした姿と物静かな佇《たたず》まいが印象的だった。古い革表紙の本を読んでいたりすれば実に絵になるだろう。

二人が足を止めて見つめているので、グレースは軽く頭を下げて金網の中に入ってきた。

微笑みながら、落ちついた声で話し掛けてくる。

「お邪魔してごめんなさい。オーブリー・ハウスのグレース・ドーン・キャヴェンティです。しばらくここで見させてもらってもよろしいですか」

「ええ、もちろん。どうぞ」

願ったりかなったりである。

グレースはきちんとベンチに腰を下ろし、二人の打ち合いを見学する姿勢になった。

ここですぐにやめたのでは不自然だから、二人は前にも増して勢いよく打ち合った。

自分たちの実力を存分にグレースに見せつけて、照明が点ったのを合図に足を止めてコートを出た。

ルウはシェラを労《いたわ》りつつ、自分は額《ひたい》の汗を拭って
グレースに話し掛けた。
「お疲れさま」
「ウェザービー・ハウスのアルシンダ・クェンティ
です。この子はウォルターのシェリル・マクビィ。
二人とも転校してきたばかりなんです」
「ええ、存じています。オーブリーでも噂《うわさ》になって
いましたし、図書室の窓からあなたを見ましたもの。
とてもお上手で、足が速くて。驚きました」
ベンチから立ち上がったグレースは素直に賞賛の
言葉を贈ってくれた。
立って並ぶと今のルウより頭半分ほど背が高い。
「わたくしもあなたのことは皆さまから伺《うかが》いました。
とても優れた選手でいらしたって。わたくしたちは
まだテニスを始めたばかりですから、悪いところが
あったらご意見を聞かせてもらえれば嬉《うれ》しいわ」
「まあ、いいえ、悪いところだなんて。あらためて
なんてお上手なんだろうって驚いたくらいですもの。
とても初心者には見えません」
この褒《ほ》め言葉に礼を言い、照明に照らされている
煉瓦《れんが》の壁を見上げて、ルウは言った。
「あの部屋はあなたの指定席なんですってね。今度、
わたくしもお邪魔してよろしいかしら」
これを機会に仲良くなって、ゆっくり話のできる
図書室で本格的に話を聞くつもりだった。
ところが、ここでシェラが予想外の行動に出た。
二人が話している間、シェラは一言も口を挟まず
控えていたが、ただ黙っていたわけではない。
何やら妙に真剣な、まるで品定めするような眼で
グレースを見ていたが、突然まったく普段の口調で
話し掛けたのだ。
「さっき、わたしを見ていましたね」
急に雰囲気の変わったシェラを不思議そうに見た
グレースだったが、如才なく笑顔で答えた。
「ええ。あなたはまだ一年でしょう。それにしては
本当にお上手だと感心したわ」

「違うでしょう？　あなたはわたしを見ていました。特に足を」

　この言葉はルウにも意味がわからなかった。

　問いかける眼になったが、シェラはスコートから覗《のぞ》く膝《ひざ》を軽く持ち上げる仕種《しぐさ》をすると、グレースに向かって皮肉な口調で言ったのである。

「見惚《みほ》れてくれたのは嬉しく思いますが、あいにく、これはあなたと同じ男の足です」

　驚いたのはグレースとルウだった。

　グレースはまさに絶句だ。顔から一気に血の気が引いて、硬直して立ちつくした。

　ルウは眼を見張ってそんなグレースを見つめると、シェラに視線を戻して慌ただしく問い質《ただ》した。

「ほんとなの？　あたしには女の子に見えるわよ」

「あなたにそこまで言わせるとは大したものですが、本職の眼は騙《だま》せませんよ。この人はかなり念入りにつくっていますが、間違いありません。金網越しに見た時はさすがにはっきりしませんでしたが、この距離なら一目瞭然《りょうぜん》です。お疑いならリィに会わせてみるといい。あの人なら一発で見抜きます」

　ルウはあらためてグレースを見直してみた。

　一目瞭然と言うが、どう眼を凝らしても、男には見えない。

　十四歳の女子にしては確かに、少し背が高いかもしれないが、それだけだ。このくらいの身長がある少女はさほど珍しくない。探せばいくらでもいる。

　そんなことより、眼の前に立っているのは優美《グレース》の名の通り、いかにも優しくしとやかで、たおやかに美しい、清潔な色気さえ感じさせる姿なのである。

　ここまで化けているグレースにも、それを一目で見抜いたシェラにもつくづく感嘆して首を振った。

「驚いた。全然わからない。シェラの前で何だけど、見事な変装ねえ……」

「いいえ。この人のこれは変装ではありませんよ。自分がそうだったからわかりますが、これが本来のこの人の姿なんです」

この道に掛けてはシェラは間違いなく専門家《スペシャリスト》だ。

ルウは素直にその意見を求めた。

「どういうこと？」

「変装であれば、自分一人の時は変装を解きますが、この人は日常生活も少女として過ごしているんです。男の髪をこれだけ伸ばすだけでも最低五年はかかるでしょうし、その髪の手入れも怠らない。立ち姿も仕種にしても少女としての動きが無意識に出ている。逆を言えば、ふとしたはずみで表に出てしまう男の部分がないということでもあります。ここまで徹底的に『少女』を自分の身体に染みつかせるには相当時間が掛かりますよ。生半可な修練では不可能です。一時的な変装ではできないことでもあります」

シェラはグレースをまっすぐ見据えて訊いた。

「わたしもリィと初めて会った時に言われましたが、あなたの名前は本名ですか？　広い宇宙には色々な音《おん》の名前がありますが、男の子にグレースとつける習慣の地域はさすがにないと思いましたが？」

グレースは答えない。

真っ青になって震えているが、眼は気丈に二人を見返していた。

「……失礼でしょう。いきなり」

胸が大きく上下する。

シェラの話が本当ならこの胸も偽物のはずだが、やはりそうは見えなかった。

「何か勘違いなさっているようね。あなたのお話はわたくしには理解できないわ」

「無駄ですよ、とぼけても。もう一度言いますが、わたしは玄人《プロ》です」

きっぱりしたシェラの声には確信があると同時に、少しばかり苛立《いらだ》った響きがあった。

「だからあなたは去年、テニスの大会に出なかった。学校同士の対抗試合ならともかく、公式大会の場合、個体識別照合が行われるはずです。性別も明らかになる検査です。あなたはその検査を受けるわけにはいかなかった。だから、直前になって怪我をしたと

嘘《うそ》を言って棄権《きけん》した。違いますか？」

ルウが感心したように言う。

「そうよねえ。十三歳でも男子と女子の力の差って、かなりのものがあるわ。あなたが本当に男の子なら女の子と試合をして勝つのは当たり前よね」

「これでやっとわかりました。ミシェルのお相手はあなたですね？」

グレースに立ち直る暇も与えず、ずばりと本題に入ったシェラだった。

「どんなつもりだったのか知りませんが、もう少しミシェルに気を配ったらどうです。あなたは危《あや》うく父親になるところだったんですよ。――ミシェルが妊娠したことはまだ知らないのでしょう？」

グレースはぽかんとなった。

何を言われたのか本当にわからなかったようだが、前にも増して、白い顔から血の気が引いた。

「……ミシェルが、妊娠？」

「そうです。あなたが相手でないなら他の誰です？聞かせてもらいましょうか」

「嘘よ！　そんな……そんなでたらめを……！」

「いいえ、本当のことよ。ミシェルが退学した後の検査でわかったの」

ルウが言えば、シェラも厳しく追及する。

「ミシェルが一人前の女性であることを、あなたは知っていましたか？」

「な、何を言ってるの……？」

「ミシェルには月経がありました。あなたはそれを知っていたのかと訊いているんです」

この問題ははっきりさせておかねばならないので、ルウも同様の質問をした。

「あなたにはなくても、あの年ならほとんどの子にあるでしょう。ただし、例外的に遅い子もいるけど。生徒たちが『今日はあの日だから』なんていう話をするのを、あなたは何度も聞いたことがあるはずよ。ミシェルは一度もそういう話はしなかったの？」

グレースは沈黙した。

狼狽《ろうばい》するその眼から質問の答えをいやでも悟ったシェラは心底呆れた吐息を洩《も》らした。

「知っていて彼女との性行為に及んだわけですか？　避妊もせずに？　それでは妊娠して当たり前です」

「そんなはずないわ！　だって！」

グレースは声を震わせた。

ほとんど悲鳴だった。

「だって、彼女、初めてだって……！」

これにはルウはもちろん百戦錬磨《れんま》のシェラでさえ、意味がわからなかった。

思わず顔を見合わせたが、ルウがふと思いついて、疑わしげな表情で尋ねたのである。

「まさかと思うけど、初めてなら妊娠しないいなんて思っているわけじゃないでしょうね？」

呆れたような言葉にグレースはますますうなだれ、シェラは苦い息を吐いて、さらに冷たく断言した。

「馬鹿ですか？　あなた」

「保健科学の授業、ちゃんと取ってる？　それとも授業ではそういう大事なことは教えてくれないの？　女の子は初潮を迎えたらいつでも妊娠できるのよ。初めてだろうと十三歳だろうと関係ないわ」

ルウもさすがに厳しい口調でグレースを責めたが、シェラは見下げ果てた表情を隠そうともしない。

「性別を偽っての潜入行動を見抜かれたばかりか、よりにもよって欲望に負けて少女を妊娠させるとは何たることです。あなたのような中途半端な人間をこんな場所に送り込むなんて手抜かりもいいところですが、それ以前にあなたの心構えこそ大問題です。恥を知りなさい」

どうやらシェラは、同じ女の園への潜入者としてグレースのふがいなさに腹を立てているらしい。

この未熟者！　というわけだ。

その点にはまったく同感だったが、ルウは冷静に尋問を再開した。

「それより一番大切なことを聞かせてもらいたいわ。ミシェルとは合意だったの？」

グレースは今にも倒れそうだった。
顔から残らず血の気が引き、身体を震わせている
その様子はいかにも哀れで、胸に迫る風情があって、
男が見たらたちどころに『守ってあげたい』という
保護意欲に駆られるだろうが、実は少年とわかって
いるだけに奇妙な眺《なが》めだ。
逃げ場を探すように眼が泳いだが、そんな真似を
この二人が許すはずもない。グレースを挟むように
油断なく立ち、完全に動きを封じている。
逃げられないと察したのか、それともミシェルが
妊娠していたという事実がよほど衝撃だったのか、
グレースはやっとのことで声を絞り出した。
「わ、わからないの……」
二人を満足させるにはほど遠い答えだった。
シェラは美しい眉《まゆ》をひそめて忌々しげな舌打ちを
洩らし、ルウもいつもは優しい顔に何とも不気味な
微笑を浮かべてグレースに迫った。
「いやがるミシェルに無理強《じ》いしたの？」
「違うわ！　わたくしは……！」
後の言葉が続かない。
顔を歪《ゆが》めたグレースは嗚咽《おえつ》を漏《も》らしたかと思うと、
大粒の涙をこぼした。
その様子にシェラが再び舌打ちを洩らした。この
銀の天使には珍しいくらいの苛立ちだ。うなだれる
グレースにとどめを刺すように冷徹に告げた。
「こういう時に泣き出すのは女の子の必殺技ですよ。
男のあなたがやっても見苦しいだけです」
ルウが吐息とともに首を振った。
「……あたしが見てもわからないわけだわ。この人、
性質は完全に女の子なのよ」
「お言葉ですが、そのご意見には賛成しかねます。
ミシェルを妊娠させた以上、立派に男ですよ」
「ええ、わかってる。たぶん、この人はミシェルに
出会って初めて男の自分を意識したんだと思うわ。
身体のことではなくてね」
少し口調をやわらげてルウは言った。

「あたしの質問に答えてちょうだい。ミシェルとは一度きりだったのね？」

涙に濡《ぬ》れた顔でグレースが小さく頷《うなず》く。

「それはいつ？」

ルウが尋ねると、グレースは口籠《くちご》もった。

再び声が出なくなったらしい。救いを求める眼をルウに向けたが、グレースとは逆に見た目は華奢《きゃしゃ》な少女でも、黒い天使の態度は毅然《きぜん》たるものだ。

「いつだったの？」

その迫力に十四歳の少年が抗しきれるはずもなく、グレースは蚊《か》の鳴くような声で答えたのである。

「あ、あの、あの前の日……」

「ミシェルが街へ出かけた日の前日？」

「……ええ」

「場所は？」

「……図書室、だったわ」

「その時の状況を聞きたいんだけど、話せる？」

涙に濡れたグレースの顔にみるみる血が上る。

「誤解しないで。覗き趣味で訊いてるんじゃないの。あなたとミシェルがきちんと話し合ったのかどうか、それが知りたいのよ」

頰《ほお》を染めて沈黙してしまったグレースの代わりに、シェラが呆れたように言った。

「この様子からすると違うようですよ。推測ですが、強姦《ごうかん》ではないとすると、ミシェルはこの人が男だと知っていて好感を抱いていた、この人もミシェルに好意を持っていた。たまたま二人きりになった時に、互いの気持ちが高まってどうにも収まりがつかなくなってしまって、そのまま前後の見境もなく身体をつなげてしまった。そんなところでしょう」

グレースは首まで赤くなってうつむいている。

どう見ても少女が恥じらっているような初々《ういうい》しい仕種だが、ルウは呆れたように言った。

「否定しないってことは……当たっているわけね」

「まったく、どこまで無様な真似を」

シェラは完全に腹を立てている。

「あなたたちが恋人同士だったとしても、十三歳と十四歳じゃあ、確かにちょっと早いわよね。避妊もしなかったとなれば、非は全面的にあなたにあるわ。――だけど、そういうことなら、ミシェルも比較的積極的だったのね？」

この時ばかりは勢いよく頷いたグレースだった。

それでも、はっきり言葉にするのはやはり抵抗があるようで、小さな声で言ってきた。

「……ミシェルのほうが、積極的なくらいだったの。わたくし、もう何が何だかわからなくて……」

「それも普通は女の子の台詞《せりふ》なんだけど、いいわ。あなたが初めての衝動に逆らえなかったことはよくわかった。それで、その後ミシェルに会った？」

グレースは首を横に振った。

「そして翌日、外出したミシェルはここへは戻ってこなかった。そういうこと？」

ここでとうとうグレースは堪《こら》えきれなくなった。

両手で顔を覆《おお》って激しく泣きじゃくった。


「わたくし……ミシェルが好きだった。ミシェルも同じ気持ちだって……ずっと信じてた。まさか……あ、あんなことになるなんて……記憶をなくすほどいやだったなんて思わなかったのよ！」

女言葉で嘆《なげ》かれるとどうにも違和感があるのだが、ルウとシェラは素早く顔を見合わせた。

「どうしてそれを知ってるの？」

「ミシェルが退学した後、会いに行ったから……」

「お見舞いはお断りするとご家族は言ったはずよ」

「ええ、先生に言われたわ。わたくしは寮も違うし、正式なテニスクラブ員でもない。だからミシェルのお見舞いに行くなんて言えなかった。――それでも、その時はただミシェルが病気とだけ思っていたから、どうしても会わずにはいられなかったのよ……」

「ミシェルの実家は確かマースでしょう？　そんな遠くまであなた一人で行ったの？」

「実家に頼んで船を出してもらったの」

学校には母親が倒れたと嘘をついて欠席届を出し、

家には急な病気で退学した友達を見舞いたいのだと頼み込んでの渡航だった。

ミシェルの家ではミシェルの母親が驚きながらもグレースを迎えてくれたが、最初は、遠路はるばる訪ねてきたグレースを娘に会わせようとしなかった。

彼女は無論、グレースが本当は男で、娘の処女を奪った相手だなどとは知る由もない。知っていたら生かして帰すはずもない。

見舞いを拒否したのは別の理由があったからだ。

母親は傍目《はため》にもやつれの濃い顔をしていた。

ミシェルに会わせてと食い下がるグレースの手を取り、涙を浮かべて、どうか元気だったミシェルの姿だけを覚えていてくれないかと訴えたという。

「わたくしは、あきらめられなかった。どうしてもミシェルの顔を一目見たかった。何度もお願いしてようやく病室に入れていただいたの。だけど……」

やっと再会を果たしたミシェルの姿はグレースを打ちのめすに充分だった。

寝台に身体を起こしていても眼の焦点《しょうてん》が合わず、自宅まで訪ねてきたグレースの顔もわからず、何を話し掛けてもまったく反応がない。

見舞いに行ったグレースのほうが恐怖のどん底に突き落とされた。

後は頭が朦朧《もうろう》として意識がない。いつミシェルの家を辞去したか、どうやって学校まで戻ってきたか覚えていないと、グレースは沈鬱《ちんうつ》な声で語った。

力無くうなだれるグレースがさすがに哀れに思え、ルウは優しく問いかけたのである。

「あなたのせいでミシェルがそんなふうになったと思っているの？」

「……他に考えられないもの」

グレースは恐怖に戦《おのの》きながら深い息を吐いた。

「ミシェルのお家《うち》は……とても厳格なお家なのよ。お父さまはマースでは有名な弁護士をなさっていて、お母さまも、子どもの人権問題や性的虐待に関する熱心な運動家でいらっしゃるの」

十三歳での処女喪失はそんな両親に対する明確な裏切り行為である。

グレースには、今のミシェルの無惨《むざん》な姿を自分の行動と切り離して考えることができなかった。

自分への愛情よりも両親の期待に背《そむ》いてしまった罪の意識のほうが遥《はる》かに強かったのだと、罪悪感に耐えられなかったのだと思い込み、自分を責めた。

「いいえ。そんなはずはないわ」

ルウは言った。

「なぜならミシェルは次の日、買い物に行っている。最後まで一緒だったリンダはミシェルには変わった様子はなかったと話しているのよ。それでどうしてあなたのせいなの？」

氷原から吹く風のような冷たさでシェラが言う。

「それこそ罪の意識というやつでしょう」

同性の不始末にはまったく容赦のない銀の天使にルウは苦笑を浮かべた。

「ねえ、シェラ。そんなに怒らないであげてよ」

「これが怒らずにいられますか。わたしから見てもこの人は上出来の部類に入ります。見た目だけなら文句なしと言っていいでしょう。普通の少女以上に美容に気を使って努力しているのがわたしには手に取るようにわかります。あなたの言うように性質も今まで及第点だった。ところが、それだけの努力を払っていながら、この人は少女を妊娠させるという最大の失敗を犯して何もかも台無しにしたんです」

シェラは昔、行く先々で、外見はもとより性質も素行も完璧《かんぺき》な少女を演じてみせた。リィに会うまで決して見抜かれることはなかった。

グレースも見た目は合格点なのに、素行も今まで及第点だったのに、こんな失態を晒《さら》すとはいったい何のための努力だったのかと言いたいらしい。

「一緒にしたらかわいそうよ。あなたは玄人《くろうと》だけど、この人はたぶん、まだ素人《しろうと》なんだわ。玄人《あなた》の水準《レベル》を求めるのは所詮無理だし、気の毒というものよ」

妙なことを大真面目に慰《なぐさ》めて、ルウはグレースに視線を戻した。

「その外出日にあなたはどうしていたの？」

「学校に残っていたわ。宿題がたくさんあったから。朝から図書室にいて、午後は論文を書いていたの」

「じゃあ、当日はミシェルに会っていないのね？」

「もちろんよ」

この指摘にグレースは本当に驚いたようだった。

「月曜の朝、ミラーの子から聞いたの。ミシェルが昨夜から戻っていないって。警察に連絡して探してもらっているけど今も行方不明だって。――心臓が止まるかと思った」

早く見つかって。どうか無事でいて。

それればかり祈ったが、願いは空《むな》しかった。

「それならやっぱり、あなたの行動とは関係ないわ。原因は他にあるはずよ」

「でも、お医者さまは精神的なものだって……」

「いいえ。あなたのせいなら、ミシェルはその場で精神に異常を来していたはずよ。寮まで戻って翌日街まで買い物に出かけて、その後で発症するなんて、あまりに不自然だわ」

グレースは涙に濡れた眼を驚きに見張ってルウを見た。すがりつくような、かすかな救いを見出した眼の色だったが、シェラは容赦がない。

呆れ果てた侮蔑の眼でグレースを射抜き、さらに無慈悲な口調で言ったものだ。

「同じ男としてあなたのような人を見ると情けなくなりますよ。そんな無様な有様でよく女子校などに入り込もうと思い立ったものです」

この場合の『同じ男として』という言葉は普通のそれとは大幅に意味が違う。

あくまでも『性別を偽り、女性の領域に潜入して活動する男として』は落第だと決めつけるシェラを、ルウは苦笑しきりでなだめたのである。

「だから、よしなさいよ。この人は何も隠密任務に就いていたわけじゃないんだから……」

「そもそもそこが問題ですよ。潜入行動でないならどうして男のこの人が女子校にいるんです？」

「それはあたしも訊きたいわね。シェラが言っても全然説得力がないけど」

グレースは躊躇《ためら》ったが、ここまで話したからには仕方がないと思ったのだろう。シェラの推測通り、自分は生まれた時にグレースという名前を付けられ、ずっと女として育てられてきたのだと打ち明けて、その理由をこう説明した。

「わたくしはキャヴェンティを名乗っているけれど、これは――母の家の名前なのよ。母は父とは正式に結婚していないの……」

「ああ、あとはもう何となくわかる気がするわ」

ルウがあっさり頷いた。

シェラもそこから考えられる事情を推測した。

「お父さまには本妻がいて本妻との間に息子もいる。そういうことですか？」

「ええ。だから両親は本宅との争いを避けるために、わたくしを女として届け出たのよ」

ルウが可愛らしく小首を傾げて口を挟んだ。

「その『だから』はちょっと無理があるわよ。普通そのくらいで生まれた子どもの性別をごまかそうと考えるかしら？」

「いいえ、そのくらいではすまないの。わたくしの故郷は連邦加盟国の中でも特に辺境に位置していて、信じてもらえないでしょうけれど、司法より土地の風習のほうが強いところなのよ」

「その土地の風習では愛人の産んだ男子には生きる権利がないの？」

グレースは首を振った。

「問題は父の正妻なのよ。その人の実家が地元ではたいへんな権勢を誇る一族なの。どうしても父との間に生まれた息子に家督《かとく》を継がせたいのね」

「それも変な話だわ。正妻の子と愛人の子がいたら、普通は正妻の子が跡取りになるんじゃないの？」

「もちろん、父もそれを願っていたわ。わたくしも母も家督を争うつもりなんかなかった。でも……」

正妻の息子はグレースとはかなり歳が離れていて、今年二十七歳になる。

結婚していてもおかしくない歳だが、この息子は生まれつきの知的障害があるという。

言うなれば、未だに赤ん坊のようなものなので、まともな結婚は不可能である。当然、父親の莫大《ばくだい》な資産を相続しても管理運営できるはずもない。

グレースは硬い表情で話を続けている。

「わたくしが生まれた時には父は母と暮らしていて、母は事実上、父の内縁の妻だった。母が妊娠した時、正妻の実家は父に向かってはっきり宣告したそうよ。──生まれてくる子どもが男の子なら、気の毒だが、死んでもらうことになるだろうって」

ルウはおもしろそうに笑って言った。

「あらあら、とんだ野蛮国家ね。お父さまはそれを了承なさったわけ？」

「いやだと言ってもどうにもならないことは父にもよくわかっていた。彼らは父の許可を得ようとしたわけじゃない。ただ、断りを入れただけなのよ」

「お父さまはそんな屈辱を味わってまで、奥さまの実家の助力に頼らなくてはいけないの？」

グレースはまた首を振った。

父親の家も地元に根を張った一族で、グレースの父親は巨大財閥の主でもあるという。

「だからこそ、同じくらい力を持つ正妻の実家とは友好関係を維持する必要があるの。気まずい間柄《あいだがら》になるわけにはいかないのよ」

「あら、そう？　あなたを殺すと予告された時点で関係は最悪になってもよさそうなものだけど」

あくまで楽しげな、からかうような口調である。

「要するに面子《めんつ》の問題なのね。自分の家から嫁いだ娘の産んだ男の子が家督を継げないなんて不名誉を、奥さまの実家は意地でも認めるわけにはいかない。また困ったことに、その馬鹿げた面子にお父さまも配慮せざるを得ない空気があなたの故郷にはある。──そういうことかしら？」

シェラがごく普通の口調で提案した。

「わたしならその正妻の息子を暗殺しますけどね。それですべて丸く収まります」

グレースはぎょっとした。

慌てて言ってきた。

「だめよ！　そんなことをしたら本当に血の抗争が始まってしまうわ。第一、そんなことをする必要はないのよ。異母兄は……生まれつきの虚弱体質でもあるの。わたくしが生まれた時には残された時間はあまりないと言われていたのよ。だからお父さまとお母さまは、わたくしを女として届け出たんだわ」

銀と黒の天使たちはこの説明では納得しなかった。

「そして異母兄が死んだら、あなたがとたんに男に戻って家督を相続するわけですか？」

「無理があるわねえ。奥さまのご実家は怒り心頭に発しこそすれ到底納得しないと思うわよ」

「ええ、わかっているわ。そのことは何度も両親と話し合ったもの。両親はわたくしに家督を継がせるためではなく、わたくしを生かすためにこうしたの。だから卒業したら家を出て、父の家とは何の関係もない人間として、別の人生を生きるつもりだった。わたくしを正妻の実家から守るにはそれが一番いい方法だと父は言ったし、わたくしもそう思っていた。——ミシェルに会うまで」

グレースはほんのりと頬を染めた。

これまたどう見ても恋を知った少女がはにかんでいる風情なので、どうにもややこしい眺めである。

「わたくし、ずっと自分は女だと思っていたのよ。もちろん——生物学的には違うと知っていたけれど、子どもの頃からグレースは女の子なんだから女の子らしくしなさいと言われて育ったせいかもしれない。女として過ごすことに少しも抵抗を覚えなかったし、違和感も感じなかった。だけど、ミシェルに会って……世界が変わったの」

ルウが笑ってその先を遮《さえぎ》った。

「わかった——もういいわ。あなたにとんでもない家庭の事情があることも、ミシェルの事件とは関係ないことも、よくわかった」

「よくないわ。わたくしとのことが原因でないなら、ミシェルはどうしてあんなことになったの？」

「それをあたしも知りたいのよ」

グレースは少し躊躇ったが、ごくりと息を飲んで、恐る恐る尋ねてきた。

「ミシェルの赤ちゃんは……どうなるの。ちゃんと産まれてくるのかしら？」

「それは無理よ。その眼で見たならわかるでしょう。あの状態で子どもを産めるはずがない。ミシェルの身体にどんな負担が掛かるかわからないことなのよ。たぶん、ご両親が密かに処置させたはずだわ」

グレースは複雑な表情でうつむいた。

中身はまだ十四歳の少年である。自分の子どもがこの世に誕生するなど想像もできないことだろう。

今日まで少女として過ごしていたならなおさらだ。

その反面、自分とミシェルとの間に存在した絆《きずな》を失ったように感じているらしいが、ルウは違った。

「ミシェルのためにもあなたのためにも、あたしはそれでよかったと思ってる。愛の結晶なんて言葉で片づけるのは簡単だし、きれいな言葉でもあるけど、最初から育てられないことがわかっている命なら、生まれてくるだけ無惨なのよ」

十四歳の少女には決して言えないことを穏やかな口調で言って、真っ暗になった空を見上げた。

「そろそろ夕食の時間ね。急がないと遅刻しちゃう。じゃあね、グレース」

「わたくしのこと……みんなに話すの？」

不安そうなグレースにルウは優しく微笑んだ。

「そんなことをして何の意味があるの？　あなたが他の生徒に襲いかかるようならあたしも考えるけど、あなたの男はミシェル限定でしょう？」

「さあ、それはどうでしょうか。この未熟ぶりではそこまで信用していいのかどうか、わたしは疑問に思いますけど」

悪戯《いたずら》っぽく笑ったシェラだが、急に真顔になってグレースに話し掛けた。

「これは皮肉ではなく純粋な忠告ですが、それこそあなたに残された時間はあまりありません。ここで三年生になるのは思いとどまったほうが賢明ですよ。恐らく学期の最後までは保たないはずです。来年の今頃になれば、あなたの女性に疑問を持つ人が大勢現れます。女子校に男が通っていたと大騒ぎになる前に姿を消したほうがいいでしょうね」

ルウが驚きと疑問の眼でシェラを見た。

グレースはもちろんそれ以上に驚いている。

「男の身体を女に見せられるか――女で通せるかはその人の努力以上に、その人の骨格がそれを許してくれるかどうかがすべてなんです。三十を過ぎても余裕で許される人もいれば、本人がいくら望んでも十代でその資格を失う人もいます。ましてやこんな丈の短い薄物を身につけていてはね。ごまかすのは一苦労ですよ」

太股まで丸見えのスコートに苦笑して、シェラはあらためてグレースの身体にじっくり眼を這《は》わせた。

「あなたはこれからもっと背が伸びて、肩幅も広く、胸も厚く、手も大きくなるはずです。今があなたが『少女らしく』いられる最後の時間なんです。その制服が最近少しきつくなってきたことに、自分でも気がついているんでしょう？」

グレースは呆気にとられた顔で、自分より小さな少年を見つめていた。

「どうして、知ってるの……？」

「三度も言わせますか？　わたしは専門家なんです。同じ挑戦をした同業者を何人も知っているんですよ。――ですから、だいたいのことは見ればわかります。その人の限界も、その時期がいつなのかも」

ルウが尋ねた。

「グレースの場合は、どんなに保ってもあと一年。そういうことなの？」

「ええ。この人の正体が発覚したら、この人一身《いっしん》の問題ではすみません。学校の評判は地に落ちますよ。生徒の皆さんの動揺も激しいはずです」

「当然ね。特に今年と去年、グレースと同室だった生徒はひどい衝撃を受けることになるわ」

「男のこの人の眼の前で着替えたりしていたのかと思うと平静ではいられないでしょうからね。本当に精神的外傷《トラウマ》を負うかもしれません」

「それだけじゃないわ。男の子と一年も同じ部屋にいて何もなかったはずはないと世間は決めつける。そうなったらその生徒たちの将来はない」

グレースは身震いして、長い髪を激しく振った。

「やめて！　彼女たちは友達なのよ！」

友人を案じて泣きそうになったグレースを見て、ルウは優しく笑いかけた。

「そういうところはとことん女の子なのね。だからお友達に迷惑を掛けないためにも、真剣に身の振り方を考えなさい」

「あなたが晒《さら》し者になる分には全然かまいませんが、何の罪もない生徒さんたちがお気の毒ですからね。ご両親とも早く相談することです」

硬い顔で頷いたグレースをその場に残し、二人は足早にテニスコートを出た。

寮へ向かって急ぎながらルウはほとほと感心して言ったものだ。

「シェラって、本当にすごいわ」

「当然です。経験が違いますよ」

「そうじゃないわ。それもあるけど……」

黒髪の少女は楽しそうに笑っていた。

「あたしも気づかなかったけど、シェラはエディが傍《そば》にいないと、とっても厳しいってことよ」

意外な指摘に驚いて、銀髪の少年は少女を見たが、こちらも楽しそうに笑って頷いた。

「そうですね。否定はしません。ですけど、今度の場合は話が違いますよ。あんな不心得者がわたしの一族にいたとしたら、ただちに現場から引き上げて去勢処置を受けさせるところです」

とんでもない言葉にさすがにルウが眼を丸くする。

「……そんなことしてたの？」

「ええ。問題のその部分がなければ色気づくこともありませんでしょう？　手段としては効果的です」

恐ろしいことをあっさり言って、シェラは本来の話題を持ち出した。

「それより、話は余計に面倒になったようですが、どうなさいます。まだ滞在するつもりですか？」

「もちろんよ。今さら引き返すわけにはいかないわ。――当てが外れたのは確かだけど、それはまた明日考えましょう。今は食事時間が問題よ！」

二人はほとんど駆け足でそれぞれの寮に戻ると、急いで制服に着替えて（食事は制服着用が義務づけられているので）食堂に飛び込んだ。


木曜の放課後、今度はシェラとリィが陽の当たる芝生の上に座り込んで話をしていた。

この二人が並んでいると眩《まぶ》しいことこの上ない。

ルウがいる時とはまた別の意味で注目の的だ。

敷地の通路から少し入った芝生という場所だけに、生徒たちが通りかかるたびに眼を見張っている。

その彼らに声が聞こえない程度には距離が離れていることは知っていたが、リィは念のため声を抑え、顔は笑いながらほとほと呆れた口調で言ったものだ。

「全寮制女子校に男がいたとはね……。世も末だが、それじゃあいくら探してもわからないわけだ」

「とんだ未熟者ですけどね」

自身はどこから見ても完璧な少女であるだけに、シェラの口調はまるで不出来な弟子を苦々しく思う師匠のようである。芸を競うその感覚はわからないでもないが、いささか度が過ぎる気がして、リィは苦笑しながらたしなめた。

「腹立たしいのはわかったから、そんなに眉を吊り上げて怒るなよ。可愛い顔が台無しだぞ。第一この状況じゃあ、おれが怒られているように見える」

「それは失礼」

とたんにこぼれるような笑顔を振る舞ってくる。

「ですが、いくら言っても言い足りませんよ。あの人は今のわたしより遥かに危険な立場にいるんです。正体を悟られたら命を狙われるだけではすみません。あの人をここに入学させたお父さまも身の破滅です。それがわかっていながら女の子と恋仲になるなんて、真剣味が足りませんよ」

「いいや、大したもんだよ。曲がりなりにも一年半、女の子しかいない学校でごまかし通したんだから。——おれにはとても無理な話だ」

シェラは不思議そうな表情でリィを見た。

「あなたは別の意味で平気だと思いますよ。普通の少年にはかなりの苦行《くぎょう》でしょうけど、あなたなら何ともないでしょう？」

「そんなことはない。女の子の芝居を続ける気力が保たないよ」

「確かにそのお口ぶりは問題ですが……」

問題はそんなことではない。

男が女性の中に混ざって性別を欺《あざむ》き続けることが非常に困難なのは、その本能があるからだ。

この人は（自分もそうだが）眼の前に裸《はだか》の少女が現れたとしてもびくともしないはずである。

リィは真顔で頷いた。

「そうなんだ。たぶん平気だと思うんだが、それがそもそもまずいらしい」

「と、おっしゃいますと？」

リィはダグラスのことを話して、感心したようにつけ加えた。

「言われるまで自覚してなかったんだが、女の子を見る眼つきの違いなんてわかるもんかな？」

事情を知ったシェラはおもしろそうな顔だった。

「そういうことなら、確かに女性より同性のほうが敏感かもしれませんね。——同室の少年たちを見て少し研究してみてはいかがです？」

「研究って言ってもなあ……。女の子の話になるとみんなうきうきそわそわして、真っ昼間から夢でも見てるみたいにうっとりしてるだけだぞ」

「ですから、それが正常な少年というものですよ」

リィは苦い息を吐いて、自分の隣できちんと膝を揃《そろ》えて座るシェラの足を凝視した。

「とりあえず、これに見惚れてみるか……」

明らかに見惚れるのではなく睨《にら》んでいる。

シェラは笑いを噛《か》み殺しながら言った。

「残念ですが、こういう状況ではじろじろ見るのも失格ですよ。眼は合わせず、それでも堪えきれずに、ちらりと覗き見るのが正しい少年の反応です」

リィはすっかりお手上げの様子で肩をすくめた。

「面倒な芝居だな……」

シェラはくすくす笑っている。

「そんなに無理をなさらなくても、大丈夫ですよ。ご婦人方は意外に気がつきませんから」

「そういうもんか？」

「ええ。これは男性も女性も同じことですが、一度好意を持ってしまうと、相手のすることはたいていいよく見えるものなんです」

リィは再び肩をすくめて、話を戻した。

「ミシェルの子どもの父親は事件には関係なかった。──どうしたもんかな？」

「学校の中でできることはもうなさそうですしね」

「そうだな。外出日になったら街へ行ってみるか」

雲を摑《つか》むような話だが、後はミシェルが失踪《しっそう》した現場にしか手がかりはなさそうだった。


その夜、進展があった。

夕食が終わるのを待ちかねたように、ダグラスが声を掛けてきたのだ。

「モンドリアン。ちょっと来てくれ」

ダグラスはあの後も普通にリィに接している。どんな葛藤《かっとう》があったにせよ、開き直ったにせよ、変に意識されるよりありがたかった。

四階のダグラスの部屋で二人きりになると、彼は幾分声を低めて言いだした。

「頼まれていたミシェル・クレーの件なんだが……どうも変なんだ」

そう言って示した端末画面には一ヶ月前の日付の、一週間分の記録が表示されている。

どこかの病院の内部資料のようだった。

「これ……ミシェルが収容された病院か？」

「ああ。彼女が入退院した週の記録だ。ところで、きみの話では、彼女は街の中で倒れているところを第三者に発見され、救急隊によって病院に収容され、身元が判明して両親が引き取るまで入院していた。

――そうだったな？」

「ああ。聖ソフィアの子たちがそう話していたけど、違うのか？」

「いや、この記録では確かにそうなっているんだ。この週の日曜、深夜に意識不明の少女が搬送されて、そのまま緊急入院している。火曜の夜に身元が判明、意識が戻ることはなかったが、木曜の午後に両親に付き添われて退院した。一見したところ、おかしな点はないんだが――実はこの一連の流れには極めて不自然な部分が見られる」

「前置きはいいから要点を簡潔に言ってくれ」

「この入退院記録は改竄《かいざん》されている可能性がある」

リィは驚きに眼を見張った。

「確かか？」

「これだけ見ていたのではわからないが、実はこの記録と同時に救急隊の記録を入手した。知り合いがいるんでね。それによるとだ、この週の日曜、この病院に搬送された急患は八人、うち女性は五人だ。問題はその五人の年格好と収容理由なんだが……」

「そこまで調べたのか？」

思わず言うと、ダグラスのほうが呆れ顔になった。

「調べて欲しいと言ったのはきみじゃなかったか？　とにかく、全員を調べてみたが『十代前半の少女、心臓発作』に該当する急患がいないんだ」

そう言ってダグラスはその記録を見せてくれた。

「よくこんなもの手に入ったな……」

呆れながら、リィは記録に眼を通してみた。

五人の女性のおおよその年齢は六十代、七十代が一人ずつ、五十代が二人、もっとも若くて三十代だ。

ダグラスが言う。

「こんなことはありえない。ミシェル・クレーならぼくも知っているが、十代後半にも見えない少女だ。あの子を二十歳以上に見るのも無理がある」

「まして三十代に見えるわけがない」

「そういうことだ。念のために月曜日の救急記録も調べたが、同病院に搬送された女性の急患は二人だ。一人は薬物の誤飲によるもので、これは家族が救急隊に通報して身元ははっきりしている。もう一人は搬送時は身元不明だったが、収容理由は交通事故による出血多量と内臓損傷――やはり当てはまらない。まさかと思って火曜を調べると、やっとそれらしい患者が見つかった。――十代前半の少女、外傷なし、呼吸脈拍ともに正常、ただし意識不明。心臓発作を起こしたはずなのに呼吸脈拍正常とは理解に苦しむ話だが、恐らくこれがミシェルだろう」

「時間は？　火曜のいつだ」

「午後二時四十分。救急隊の記録ではそうなってる。ところが、病院の記録では、日曜の夜にミシェル・クレーが搬送されてきて入院したと、はっきり記載されているんだ。入院窓口と救急受付は違うから、最初は単純な記載ミスかとも思ったんだが……」

ダグラスは難しい顔で首を捻っている。

「看護記録も極めて詳細なものが残っているんだ。日曜の夜から定期的に呼吸を確認して、検温、血圧測定、採血までやってる。こんな奇妙な話はない。さっきも言ったように、日曜には十代前半の少女は搬送されていないんだから」

「いない人間の採血をするとは器用な病院だ」

皮肉な口調で言ったリィだった。

「その病院に残っている記録と、救急隊の記録と、ダグラスはどっちが正しいと思う？」

「救急隊のほうだ」

言下に言ったダグラスだった。

「看護記録及び診療記録、入退院記録は半永久的な保存が義務づけられている。患者からの要請に伴い、必要に応じて提示しなくてはならないものだからな。しかし、救急隊は救命活動は行うが、原則的に医療行為には関わらない。彼らは急患を病院に搬送し、医者の手に渡すまでが仕事だ。その際の記録も看護記録や入退院記録と違って、保存義務期間は極めて短い。通常一ヶ月で廃棄される。ぼくがこれを入手できたのも、実は破棄される寸前だったからなんだ。これらのことからミシェル・クレーが実際に病院に搬送されたのは火曜の午後だったと見て間違いない。しかし、なぜか病院はそれを日曜の夜だと記載した。意図的なものか間違いかはわからないが……」

リィは首を振った。

「間違いなく意図的だろう。でなきゃ、こんな看護記録まで残すはずがない。ミシェルが日曜から入院していたように見せかけようとしたんだ」

ダグラスは不思議そうな顔になった。

「しかし、何のためにそんなことを？」

「おれもそれが知りたいよ」

「もう一つ疑問がある。収容されたのが火曜なら、日曜の夕方に姿を消して火曜の昼に発見されるまで、ミシェルは本当はどこにいたんだ？」

リィは肩をすくめた。

「まさにそれが問題だ」

6

大型怪獣夫妻は渡されたハンバーガーの包み紙に真剣に取り組んでいた。

手がかりになるのはそこに記された固有名詞だ。

メルロウ、フォンド、ナウマック、アイボルン。

まずは感応頭脳として極めて優秀であるばかりか、稼働を始めてもうじき百年という相棒に、これらの言葉の検索を依頼したところ、ダイアナは珍しくも露骨《ろこつ》にいやな顔になった。

「それは地名？　人名？　それとも企業名や商品の名称なの？」

「わからん」

「検索する宙域は？」

「それもわからん」

ダイアナは完全に匙《さじ》を投げた顔になった。

「いったい何千万件該当すると思っているのよ？」

「しんどい作業なのはわかっているが、今のところこれしか手がかりがないんだ」

「まったくもう！　あの天使さんときたら、優しいようで肝心なところは冷たいんだから……」

口では何と言っても、機械のダイアナには作業を面倒くさがるという概念《がいねん》はない。

しかし、確たる結果が得られないと始める前からはっきりしている作業にあえて取り組むのは時間の非効率な使用法であるという当然の計算は働く。

ダイアナはその非効率を厭《いと》わず、これらの言葉を個別に調べてくれたが、結果は芳《かんば》しくなかった。

「メルロウ。地名で約一万件、商品名・店舗名で約十一万件、この言葉を一部含む音楽、文学、遊戯《ゆうぎ》の固有名詞が約三百十五万件。フォンド。この言葉を一部含む人名、地名が約十七万件。店舗、品種等の固有名詞が約二千百十六万件、ナウマック。人名が四百六十二件。店舗・社名が七十件。ゾアリ宙域に多い名称のようね。アイボルン。この言葉の一部を含む地名、人名が約三千五百八十二万件。商品名、店舗名が約七千九百万。——きりがないわ」

「この四つの言葉をすべて含む結果は？」

「わたしを無能呼ばわりするつもりなの、ケリー？　真っ先に検索したわよ。該当項目なし」

ある程度予想はしていたが、厄介《やっかい》な話である。

ハンバーガーの包み紙を再度凝視して、ケリーは物騒に唸《うな》った。

「これでどうして個人が特定できるんだ？」

開始早々行き詰まってしまったが、ジャスミンは別の伝《つて》を頼ると言い出した。

「セントラルへやってくれ」

「統合管理脳か？」

「ああ。相手は曲がりなりにもウェルナー級戦艦を二隻と無人戦闘機搭載の大型空母を用意できるんだ。かなりの資産家か、巨大権力を持った人間と思って間違いない。ダイアナを軽んじるつもりはないが、そういうのは統合管理脳の管轄《かんかつ》だろう」

ここからでも接触は可能だが、相手が相手なのでなるべく近づいたほうがいい。

ジャスミンがそう主張すると、ダイアナも諸手《もろて》をあげてその案に賛成した。

「そうしてくれると助かるわ。こんな面倒な作業はあの石頭のほうが向いているわよ」

ケリーが指示するより先に《パラス・アテナ》はセントラル星系に跳躍したが、ダイアナは船内から統合管理脳に接触《アクセス》することは断固として拒否した。

仕方なく、ジャスミンは一度シティに降りて宿を取ることにした。ケリーは頭上で留守番である。

シティは既に夜だったが、ジャスミンは構わずに行動を開始した。ホテルの通信端末の使用は避け、市内の通信センターから連絡を取った。

統合管理脳は昔の名前をゼウスという。

その名の通り連邦のすべての機能を掌握している

最高位の管理脳である。同時に四十年以上前からのジャスミンの友人でもあった。

　連邦の中枢と言っても過言ではない頭脳だけに、こんな街中からの、しかも一市民の接触など断じて許されない相手だが、ジャスミンはまるで『本日の辺境宙域の天候』でも調べるような気安さで、その最難関を突破した。

　というのも、統合管理脳は自らジャスミン専用の接触窓口を設置している。周囲の人間たちがいくら厳重な防護措置を取ったところで、当の『本人』が喜んで不正接触に答えてしまうのでは意味がない。

「やあ、ジャスミン。何か用か？」

「これらの言葉の中に連邦に関係するものがあれば指摘してもらいたい」

　だめでもともとと思いながら、包み紙に書かれた内容を見せてジャスミンが尋ねると、統合管理脳は意外にもすぐに答えてきたのである。

「スティーヴン・ナウマックは知っている」

「誰だ⁉」

「九一九年から三四年まで連邦情報局の対外問題局戦略情報事務部長だった人物だ」

　呆気にとられた。

　九一九年と言えばジャスミンはまだ二歳である。以来十五年間も肩書きが変わらないとは、よほど無能か何か特別な事情があったかだ。

「九三四年に、彼は情報局を退職したのか？」

「そうだ。定年退職だ。きみがまだ連邦一軍に所属していた頃だ」

「そのナウマックは存命か？」

「いいや、五十二年に死去している」

　この思わぬ展開に驚き、軽い興奮を覚えながらも、ジャスミンは冷静に質問を続けた。

「彼はどんな人物だった？」

「専門は経済状況と戦争発生比率との因果関係だ。彼の統計は非常に信頼性が高く、わたしの試算ともほとんど狂いがなかった。情報局長官も主席も彼を非常に頼りにしていた。得がたい人物だったよ」

「それほど有能な人間が長官にも局長にも昇進せず、部長止まりだった理由は？」

「本人の希望だ。あくまで現場を統括《とうかつ》できる立場にこだわった。異例ではあるが、当時の情報局はその要望を受け入れ、ナウマックは部長として退職した。しかし、実際には当時の彼の権限は対外問題局長に匹敵《ひってき》していたと言って間違いない」

「では、そのナウマックの相談役とは誰だ？」

「ナウマックは公式非公式を問わず、多くの参謀を持っていた。十一人いるが、その中の誰だ？」

一番権力の強かった怪《あや》しげな奴だ——と、よほど言いたかったが、この頭脳の欠点は賢《かしこ》すぎて融通が利かないことである。

「とりあえず今も生きている人間は何人いる？」

「三人だ」

「その三人の名前と年齢を頼む。当時どんな分野でナウマックに協力していたのか、現在はどこにいて何をしているのかもだ」

「一人はナウマックの部下だったジョン・ホール。現在八十六歳。このシティで年金生活を送っている。一人は裏社会の情報提供者だったボー・ネイサン・ブラック。現在八十九歳。マーショネスの顔役だ。一人は各国経済の分析と判断に貢献《こうけん》していたジム・グランヴィル。現在九十六歳。所在不明」

「それは生存が確認できないという意味か？」

「いいや」

「生きていることは間違いないのか？」

「彼の姿が最後に確認されたのは十年前のことだが、死亡報告はなされていない」

「その老人は消息不明になる前は何をしていた？」

「明確な職業は不明」

この辺が巨大すぎる人工知能である統合管理脳の限界だった。

ダイアナのように要点をかいつまんで、こちらの知りたがっていることを察して話すという能力は、残念ながら統合管理脳には欠けている。

これ以上は、こちらがその人物に関してある程度心得ていないと情報の引き出しようがない。

ここでジャスミンは、もっとも頼りにできる人を思い出した。連邦情報局とつながりのある、それも五十年以上昔の人間ならこの人を頼らない手はない。

すぐさまサリヴァン島に連絡を取った。

ジャスミンの応対をしたのは屋敷を管理している召使い型の自動機械だった。ご主人に面会したいと申し込むと、あいにくですが、マヌエル一世は既にお休みですと、ものやわらかな口調で告げてきた。

百一歳の年寄りを真夜中に叩き起こすのはいくら何でも非常識が過ぎる。それほど切迫した事態ではないのも確かなので、ここは譲ることにした。

「閣下がお目覚めになられたらなるべく早く連絡をいただければ幸いだとお伝えしてほしい。わたしはジャスミン・クーア。シティのベルーガ・ホテルに泊まっている」

自動機械は律儀に復唱して通信を切った。

ジャスミンもホテルに戻って寝台に潜り込んだが、ほんの数時間でフロントの緊張した声に起こされた。

歴代の連邦主席の中でも一、二を競うほど有名な元主席から連絡を受けたのでは無理もない。

外を見ると、やっと夜が白み始めた時間である。

ジャスミンは洗面所に走り、顔に冷水を浴びせて大急ぎで拭い、手櫛《てぐし》で寝癖《ねぐせ》を直して通信に出た。

それでも一目で寝起きとわかる。

マヌエル一世はすまなさそうに言ってきた。

「申し訳ありません。少し早すぎましたかな。何分、年を取ると朝が早くなりまして……」

「とんでもない。お久しぶりです、閣下」

ジャスミンは長い軍隊生活を送った経験がある。起床してすぐの行動開始には慣れている。

さっそく本題に入った。

「スティーヴン・ナウマックの協力者だったジム・グランヴィルについて、何かご存じのことがあれば、聞かせていただきたいのです」

一世は皺《しわ》の深い顔に驚きの表情を浮かべた。

「ほう。これはまた懐かしい名前ですな……」

「ご存じでいらっしゃる？」

「待ってください。ナウマックが活躍していた頃はわたしも一介の連邦議員に過ぎませんでしたのでな。知っていることはさほど多くはないが……」

マヌエル一世はゆっくりと当時を回想していたが、ふと不思議そうな顔になった。

「しかし、そういうことでしたら何もこの年寄りを当てになさる必要などないはずでしょう。ご主人にお尋ねになればよろしいのでは？」

呆気にとられたジャスミンだった。

「……夫に訊けと？」

「はい。いや、もちろん、当時のミスタ・クーアはクーア財閥とは何の関係もない一市民でいらしたが、ほんの五年前までは、ありとあらゆる星の政界人と懇意《こんい》でいらした方ですぞ。そのご主人がトーレスを牛耳《ぎゅうじ》っているとまで言われたジム・グランヴィルを知らぬはずはありますまい」

まさに青天の霹靂《へきれき》である。

ジャスミンは思わず居住まいを正した。

「トーレスと言われましたか？」

「さよう。あなたには今さら説明するまでもないが、トリジウムの採掘で有名な星です。グランヴィルはそのトリジウム事業で財を成した人物ですよ。その財力を元に事業を拡大し、トーレスの様々な利権を次々に押さえていったのです。彼はナウマックとは学生時代からの知己《ちき》だとかで、部外者でありながら、戦略情報事務部長時代のナウマックの信頼が厚く、極めて親密な関係にあったと聞いています」

クーア財閥総帥だった頃の記憶を総動員させつつ、ジャスミンは疑問の口調で問いかけた。

「しかし、妙です。わたしはその名前に聞き覚えがありません。当時それほどの実力者だった人物なら、総帥時代のわたしも顔を合わせていてもよさそうなものですが……」

「いや、それは当然でしょう」

と、一世は言った。

「財界人には二種類ありましてな。一つはあなたやご主人、お父上のように、積極的に世間に出られて、活発な社交を惜しまない方たちです。必然的にこの方たちは世間に顔と名前を知られることになります。巨大企業の主ともなれば普通はそういうものですが、中には表に出ることをあえて避け、あくまで世間の眼から隠れながら隠然たる権力を振るうことを好む種類の人間もいるのです。あなたが起きていらした頃——眠った後もですが——グランヴィルはまさにそうしたやり方で暗躍する事業主でした。情報局という限られた場所でこそ、さらにはトーレスでこそ、グランヴィルの名は有名でしたが、彼は社交の場に——少なくとも国際的な財界人の集まりには進んで出ようとはしませんでした。当時のあなたがご存じなくても無理はないと思います」

「ははあ……」

一世の言葉から、ジャスミンはいわゆる土地の親分《ドン》とか仲介人《フィクサー》とかいうものを想像した。

「ですが、閣下。そんな黒幕的な存在ではおのずと限界があります。極端な話、地元から一歩外に出てしまったらまったく無力なのではありませんか?」

「おっしゃるとおりです。あなたのお父上も地元を大切になさいましたが、マックスの意識は常に外の世界に向いていました。国際的な財界人の態度とはそういうものです。一方、あなたの言う黒幕はその幕を張る範囲が限定されてはおりますが、地元での権力は絶大です。グランヴィルも自らの事業を外に向けて発展させるのではなく、地元に強固な地盤を築くことに傾けたのです。彼は着々とトーレスでの勢力を伸ばしていき、ついには大統領さえ彼の息が掛かっているらしいと噂《うわさ》されるまでになりました。さすがにそこまで大きくなりますと、その影響力は自然と外部に知れます。地元限定とばかりも言っていられなくなるものでしてな。その頃からようやく、グランヴィルの名はちらほらと公《おおやけ》の場で聞かれるようになったはずですよ。もっとも、近頃はとんと噂を聞きませんが……」

「死亡報告はなされていないそうですね」

「はい。十年ほど前、グランヴィルは自身の利権のすべてを側近に譲り、隠居しました。今のわたしと同様、表向きは無職の老人ということになりますが、わたしと違って、トーレスではとてつもない権力を有した無職の老人です。もともと社交嫌いですから、隠居前もあまり人前に出ることはなかったのですが、そんな彼でもクーアの名前は大いに魅力的だったと見え、アドミラルでご主人の主催したパーティには何度か姿を見せたはずですよ。というのも、これはお父上もやっておられたが、報道関係者を大勢招く盛大な集まりの他にも、記録機器の持ち込みは一切不可という内輪だけの集まりを、ご主人はたびたび開いておられました。わたしも含めて日頃は人目に晒《さら》され続けている人々がわんさと押しかけましてな。この時ばかりは大いにくつろぎ、楽しんだものです。こういう席だからこそ、社交嫌いのグランヴィルも安心して顔を出すことができたのでしょうな」

「ありがとうございました。閣下」

神妙に礼を述べて通信を切った後、ジャスミンが直ちに《パラス・アテナ》に舞い戻り、かんかんに怒って夫を怒鳴《どな》りつけたのは言うまでもない。

災難だったのは怒られたケリーのほうだ。

驚きに眼を見張って問い返した。

「本当かよ、あのグランヴィルだって?」

「夫のくせに妻にこんな恥を掻《か》かせる奴があるか！　わたしが閣下の前でどれだけ居たたまれない思いをしたと思っている！」

「ちょっと待て！　こっちに訊けとは言い過ぎだ！　二、三度顔を合わせた程度の知り合いなんだぞ！」

「充分だ！」

妻の剣幕を必死に躱《かわ》して逃げるケリーを眺《なが》めつつ、

ダイアナが呆れたように肩をすくめた。

「六十年近くも前の一部長じゃわからないわけだわ。その名前ももちろん検索に引っかかっていたけど、とにかく、一人は判明してよかったじゃない」

「決めつけるのは早いぜ。本当にグランヴィルが『ナウマックの相談役』で間違いないのか?」

「このナウマックがスティーヴン・ナウマックならほぼ確実だ。何しろ戦艦のことがある。ブラックはマーショネスの顔役だが、そこまで金持ちじゃない。いいからさっさと白状しろ。ジム・グランヴィルはどんな人物だったんだ?」

ケリーはちょっと沈黙すると、自分が老人だった頃の数年前を思い出して言った。

「会って話して楽しい奴じゃなかったのは確かだ」

「端的だな」

ダイアナが横から口を挟んでくる。

「写真があるわ。九八〇年に撮ったものよ」

《パラス・アテナ》の居間の白い壁がスクリーンに早変わりする。

この時八十五歳。それにしては礼服を着た身体はずいぶんたくましい。顔も同様にがっちりと四角く、唇は妙に分厚く、皮膚はてらてらと光っている。

その血色の良さも、妙に白く光る眼も、この歳になってもこの男の知能や精神力がいささかも衰えていないことを示しているようだった。

その顔をじっくり眺めて、ジャスミンは言った。

「よくこんなものが残っていたな?」

「隠し撮りよ。ケリーの眼を通して撮ったの」

それでは撮影機の持ち込み不可の意味がないが、相手の顔が確認できたのはありがたい。

「この男と親しいつきあいはなかったんだな?」

「全然ない。奴《やっこ》さんは一応トーレスの大物だから、義理で招待状を出してたようなもんさ。挨拶《あいさつ》以上の話をした記憶もほとんどないしな。向こうにしても目当てはクーアの技術力だけだったらしい」

「どの分野の技術力だ?」

「医療だ。それも病気の治療じゃない。老化予防にもっと真剣に取り組む気はないのかと言ってたな」

　ダイアナが再び言う。

「わかりやすく言えばアンチ・エイジングね。その頃にはもう、クーア総合医療センターの質の高さは共和宇宙中に知れ渡っていたから」

　ジャスミンはあらためて写真の老人を見直して、納得したように言った。

「確かに精力的な風貌《ふうぼう》だが……男の場合のアンチ・エイジングとはいかに男性機能を維持するかという問題と思っていいのか？」

「いや、奴はそっちのほうじゃない。考えても見ろ。十一年前のこの時でさえ八十半ばだぞ」

「しかし、何歳になっても女性に情熱を燃やす男はいるだろう？　ましてこの外見なら」

「奴は違う。自分でそう言っていたからな」

　ケリーはあまり多くないグランヴィルとの会話の内容を懸命に思い出そうとしていた。

　見た目は確かに脂ぎっていて、美酒と美食を――もちろん美女も、大いに好むように見えるこの男は、実は異様なくらい健康に気を使っていた。

　ケリーの（クーア財閥総帥の）主催する集まりであるから、料理も最高のものを揃《そろ》え、惜しげもなく珍味を並べたが、この男はほとんど手をつけようとしなかったはずだ。

　料理だけではない、厳選したホステスを大勢雇い、接待に当たらせたが、他の客と違って、美女たちの進める酒杯もやんわり断っていたのを覚えている。

　招待した客に楽しんでもらえないのは招いた側の手落ちになる。お気に召しませんかなと、ケリーが困った顔をつくって話し掛けると、グランヴィルは申し訳なさそうに頭を下げてきた。

　いやいや、とんでもない、結構なおもてなしで、この田舎者《いなかもの》には恐縮千万です、しかし、残念ながら医者から節制を命じられておりますので、この場の華やかさだけをありがたく頂戴致します――。

「実際、これだけで寿命が延びる気が致しますよ。この年になりますと女も酒も無用になりますからな。一日でも長く生きたいとひたすら願うばかりです」

真顔でそんなことを言うのを確かに聞いた。

それだけではない。

今のクーア財閥の財力と科学力を持ってすれば、不老不死を実現させることも夢ではないはず、なぜ試みないのかと、真面目な口調で訴えてきた。

ケリーはもちろん笑って相手にしなかった。

ますます発展するクーア財閥の威勢をやっかんで、もしくは皮肉って、こんな冗談を言う人間は珍しくなかったからだ。

「俺より二十も年上のくせに、まだ生きたいのかと呆れたもんだが……」

あの時からグランヴィルが本気だったとすると、まさに怪しい。

「ダイアン。最優先でグランヴィルの居場所を探せ。こいつの交友関係もだ。徹底的に調べ上げろ」

「了解。そのためには現地調査が必要よ。このままトーレスに跳躍するわね」

「任せる」

一人がわかれば後は芋蔓式《いもづるしき》だ。

グランヴィルは滅多にトーレスを出なかったから、交友関係はほとんどトーレスの人間に集中している。

言い換えれば、そうでない人間と交際していればひどく目立つはずだった。

とは言うものの、九十六歳の人間の履歴《りれき》をすべて洗い出すのは一苦労である。

人脈とは、その人物の交友関係を語る上で絶対に外せない要素だが、困ったことに、それは機械では把握できない種類の要素でもあった。

ダイアナは相手が人工知能なら自在に情報を引き出せるが、トーレスのすべての管理脳を検索しても、グランヴィルの正確な人脈など入力されていない。

管理脳に与えられているのは、彼がいつ、どこの学校を出て、どんな職を経て、どんな事業を起こし、何年に誰とどんな契約を交わしたかという表向きの情報に過ぎない。

「もちろんそれはそれで役に立つけど、この場合は、知っている人に聞いたほうが速いでしょうね」

そこでケリーもジャスミンもトーレスに上陸してグランヴィルの元部下や取引先に当たってみた。

地元ではさぞ恐れられているだろうと思ったが、姿を消して十年にもなるとあって、比較的たやすく話を聞くことができた。

グランヴィルが異様なくらい健康に気を使って、摂生《せっせい》に努めていたことは地元でもよく知られており、真っ先に浮かび上がったのが医療関係者だった。

名前はアルフレッド・マクマハン。

細胞遺伝学の権威で、巨大な医療財団を立ち上げ、連邦医学界の大御所とまで言われた人物である。

マクマハン教授はトーレスの人間ではない。

にもかかわらずグランヴィルは三十年ほど前から、年に一度、わざわざこの教授のもとまで健康診断に出向いていたという。

しかし、そのマクマハン教授も今年九十七歳。

グランヴィルを診るようになった時は既に現役を退《しりぞ》いており、今では滅多に人前には現れない隠遁《いんとん》生活を送っているという。

それも決まった隠居所があるわけではないようで、居場所を点々としているのだという。

つまり、この教授も所在不明なのである。

おおいに怪しい。

そう判断したダイアナは惑星トーレスの軌道上に位置したままマクマハンの経歴を洗い始めた。

こうなればダイアナの独擅場《どくせんじょう》である。

情報集めは彼女に任せて、ケリーとジャスミンは教授の履歴や写真に眼を通していた。

十年前の写真で既に眼の下の皮膚はすっかり弛《たる》み、頬《ほお》の肉はおちているが、眼光は鋭く、おちょぼ口の唇が赤い。いかにも教授らしい厳《いか》めしい顔つきだ。

連邦医学界の人間なので、経歴を調べ出すことは難しくなかったと見え、ダイアナはすぐに言った。

「──あったわ。この教授が教鞭《きょうべん》を取っていた頃の校舎がメルロウ校よ」

ケリーはため息を吐いた。

「ずいぶんとまあ、昔の綽名《あだな》をつけたもんだ……」

「いや、わかるような気がするな。この教授が何か後ろ暗いことをしていたのなら、世に知られた名前では呼ばれたくないだろう」

この二人を起点に他の二人にたどり着くまでにはちょっと時間が掛かった。

一人はナウマックからのつながりで元連邦議員のテレンス・ドーセット。彼が議員時代に成立させた、後に廃止となる悪名高き法案がフォンド法だった。

引退間近の写真を見ると、でっぷり太った小男で、今時流行《はや》らない長い頰髭《ほおひげ》を生やしている。

もともと名家の出身の彼は、引退後はその人脈を最大限に活かして巨万の富を築いた。

現在は何と百二歳。やはり十数年前から所在不明。

そして最後の一人はエメット・ウッドストーン。

彼はケリーも名前を知っている投資家だった。

見た目は一番品がいい。真っ白な長い眉毛《まゆげ》をして、眼も細く、老いた顔に柔和な表情を浮かべているが、共和宇宙中に傘下《さんか》の企業を持ち、成長株を片端から買い漁《あさ》る、まさに金のためなら何でもやる男だった。

現在九十九歳。莫大な資産の運用は部下に任せて、本人はもう二十年ほど所在を明らかにしていない。

その部下たちは見た目は粗末な古い建物に籠《こ》もり、ウッドストーンの指示で一国の経済を揺るがすほど巨額の資金を動かしていると噂されている。所在も不明なその金融の城がアイボルン経済研究所だった。

ケリーは四人の写真を眺めて皮肉に笑ったものだ。

「グランヴィルにウッドストーンか。どっちもまだくたばってなかったとは驚きだぜ」

さらにマクマハンとドーセットが加わった四人が結束すれば、戦艦の一隻や二隻は屁でもない。共和宇宙経済に影響を与えることも可能である。

ケリーにちょっかいを掛けてきたストリンガーも間違いなくこの四人の仲間だろう。

この四人が超常能力者を使って黒い天使の存在を知り、ケリーが戻ってきたことを知ったなら、当然、四人の手足となって働いている連中もそれを知ったことになる。

秘密とはそれを知る人間が少なければ少ないほど確実に守り通すことができるものだ。

ぐずぐずしてはいられなかった。

「一刻も早く手を打たなきゃならんのに、何だって『こっちが先』なんだ……」

ぼやいたケリーの面前で、何やら考え込んでいたジャスミンが口を開いた。

「なあ、海賊」

「何だ？」

「ルウがクラッツェン学長に恩義を感じているのはわかるんだが……そもそもどうして学長はこの話をルウに持ちかけたんだろうな？」

ケリーは真顔で妻を見た。

ジャスミンも真顔で夫を見て頷《うなず》いた。

「こちらが先だと黒い天使に言わしめるからには、それなりの理由があったはずだと思わないか？」

実のところ、ケリーもそれには同感だった。

あの天使はやることなすこと突拍子もない上に、本当に公用語を話してるのかと疑いたくなるくらい独特な話し方をするが、無意味なことはやらない。

金の天使がその判断に全面的に従うというのなら、なおさらだ。

「本人が言わないんならもう片方に訊くしかないな。──ダイアン、ちびすけに化けてみてくれ」

内線画面の金髪美人が肩をすくめたかと思うと、あっという間に同じ画面にダンの顔が映った。

ダンの声と口調でいやそうに話し掛けてくる。

「これでいいかな、ケリー船長？」

ジャスミンが苦笑いを浮かべた。

「できすぎていて気味が悪いな……」

「親でも見分けがつかないってのはこのことだな。合格だ。クラッツェン学長に連絡しろ」

「了解、船長」

ぬかりなく発信元を《ピグマリオンⅡ》に偽装し、連邦大学総合学長に面会を申し込む。多忙なはずのクラッツェン学長が飛びつくように通信に出た。

「おお、これはマクスウェル船長！」

「ご無沙汰しております。クラッツェン学長。実は、さっそくで悪いのですが、ルウのことで……」

「わたしもそれをお尋ねしようと思っていたのです。ミスタ・ラヴィーは今どこにいるのです?」

眼が点になったダン（ダイアナ）だった。

「ご存じないとは？　あれは今、学長からの依頼で動いているはずですが……」

「ああ……！」

何故か呻《うめ》いて頭を抱えてしまった学長である。

ケリーとジャスミンは興味津々《しんしん》の顔でこの会話に聞き入っていた。

自分たちは《ピグマリオンⅡ》にはいないはずの人間なので口を挟むわけにはいかない。黙って耳を傾けているしかない。

「マクスウェル船長も事情はご存じなのですか?」

ここは慎重な答えが求められる場面である。

ダンの顔をしたダイアナは素早く考えて頷いた。

「はい。学長のお知り合いのお嬢さんにお気の毒なことがあったと、ルウから聞いています。差し支えなければ、その方と学長とはどういう関係なのかをお訊きしたかったのです。もう一つ、何故この件をルウにご依頼になったのかもです」

「クレーは昔の教え子でしてな。優秀な生徒でした。その彼が先日連絡をくれた時は見たこともないほど取り乱しておりました。——無理もありません」

学長は難しい顔で指を組んだ。

「若い人がこんな災難に見舞われるのを知るたびに、何とも言えない気持ちに襲われます。当校の安全は最高水準を誇っておりますが……それでも若い人の命が失われるのをわたしも幾度となく見てきました。我々大人がどんなに気を配っても、生徒たちを襲う事故や悪意ある行為はなかなかゼロにはなりません。それを思えばクレーのお嬢さんは少なくとも生きて戻ったのです。命が助かっただけでも運がよかった。クレーにも、お嬢さんを失わずにすんだことを喜ぶようにと言い諭《さと》したのですが、なかなか、親の心はそれでは納得できないのでしょう」

「わかりますよ。生きていればいいというものではありません」

「わたしも連邦大学総合学長という立場ですから、昔の教え子がひどく傷つき、救いを求めているのに、ツァイスで起きた事件では何もしてやれないのです。この件で気を揉んでいたのは確かですが、いったいどうしてお知りになったのか、ミスタ・ラヴィーが突然いらして、ミシェル・クレーの件で何かできることがあるかもしれないと、他の二人と一緒に少し調べてみたいから、アイクライン校にその旨《むね》の話を通してくれないかと言われまして……いやはや」

身震いして、額《ひたい》の汗を拭った学長だった。

「思わずお願いしますと言ってしまったのですが、クレーにはまさか、ミスタ・ラヴィーの素性を話すことはできません。いや、あの方のことですから、穏便に済ませてくださるはずと信じてはおりますが、何の音沙汰もありませんので気になりましてな」

つまり学長はルウがクレーのところに乗り込んで、何かやらかすのではないかと懸念しているらしい。

一般市民のクレーにラー一族の存在を打ち明けるわけにはいかず、話したところで信じるはずもない。

かといって、一見したところ、ルウはごく普通の、ちょっとほんわかした青年にしか見えない。

あの若者はいったい何者かと教え子に問われたらどう答えるべきかと学長は葛藤《かっとう》し、懊悩《おうのう》している。

まさかその『ミスタ・ラヴィー』が少女になって当の女学校に転入しているとは、謹厳実直な学長の想像も及ばないことに違いなかった。

ダンの顔を装ったダイアナはひどく驚いていたが、その驚きは微塵《みじん》も表に出さずに答えた。

「あれが今どこにいるかはわたしも知りませんが、ご心配は無用でしょう。クレー氏のところに現れていないのは確かですし、あなたにお約束したように、人前で騒ぎを起こしたりはしないはずです」

「ならば、よいのですが……」

あくまで不安は去らない様子の学長だが、ダンに打ち明けたことで、少しはほっとしたらしい。

「もしミスタ・ラヴィーから連絡がありましたら、わたしのこともお忘れなくとお伝えください」

「もちろんです」

通信を切ると、ダイアナは本来の自分の姿に戻り、二人の前で両手を広げて見せた。

「どうなってるの、これ？　話がだいぶ違うわよ」

驚いたのはケリーもジャスミンも同様である。

学長から頼まれたのは確かでも、ルウのほうからわざわざ出向いてこの一件を請け負ったとなれば、やはりミシェル・クレー失踪《しっそう》事件には何かあるのだ。

「その少女の写真は出るか？」

「――ちょっと待って」

通常、生徒の写真は保安上の理由で公開されない。

ダイアナなら盗み出すのは造作もないが、今回はその必要はなかった。今年の学校案内に新一年生を代表してミシェルの写真が使われていたからである。

その写真の横には、掲載を了承する両親の署名もちゃんと入っている。

ミシェルの青い瞳も明るい笑顔もはじけるような若さに輝いていた。これからの学園生活への希望に胸をふくらませている様子がよくわかる。

「かわいい子だな」

「ああ。――この少女と四人の年寄りとの間に何か因果関係は？」

「ないわ、何も見つけられない。ただ……」

ケリーの質問にダイアナは考える顔になった。

「ちょっと引っかかることがあるのよ。この四人のおじいさんたち、揃いも揃って異様に教育熱心なの。人前に出なくなる前は、ずいぶんあちこちの学校に施設を寄贈したり、講演に行ったりしてるわ」

「聖ソフィアにもか？」

「いいえ、それはないけど……」

「著名な財界人に講演を頼むのはよくあることだぜ。──かく言う俺もずいぶん依頼されたもんだ」

「そうね……。でも、何だか気になるのよ」

「そいつは女の勘か？」

「そんな言葉で片づけないでちょうだい。なぜならミシェル・クレーも立派な生徒なんですからね」

ジャスミンが冷静に口を挟んだ。

「わたしも一つ、女の勘を言わせてもらうとするが、さっき学長は命が助かっただけでも運がよかったと言っただろう。ミシェル・クレー、この少女も本来、そうなるはずだったと考えたらどうだ？　例外的に助かったのだとしたら？」

妻が何を言いたいかわからず、ケリーはちょっと首を傾げた。

「どういう意味だ？」

「いや、わたしにもはっきりとはわからない。ただ、そんな気がしたんだ。子どもが事件に巻きこまれて生きて発見される例は極めて少ない。確かに彼女は運がよかったんだろう──しかし、それは何故だ？　ミシェルはどうして生きて戻ってきた？」

「女王。子どもの死亡事故はそれこそ共和宇宙中で毎日、何万件と発生してるんだぞ」

「その中に、この四人が何らかの形で関与している事件があるとしたら？」

ミシェルは運良く生きて戻ってきたが、本来その一人になるはずだったとしたら？

ジャスミンの言いたいことはよくわかったものの、ケリーは苦い顔で首を振った。

「いくら何でも雲を摑《つか》むような話だぜ。どうやってそれを関連づける？　まして四人とも今は居場所がわからないってのに」

内線画面のダイアナが頷いた。

「確かに、まずはそれを突き止めることが肝心ね。おじいさんたちの昔の記録を検索してみるわ。何か出るかもしれない」

「頼もしい相棒を持って俺は嬉《うれ》しいよ」

「安心するのはまだ早いわよ、ケリー。わたしでも、これはちょっと時間が掛かるわ」

単なる映像だというのに、ダイアナはその作業の困難さに身震いして、各宙域に跳躍しながら猛然と仕事に取りかかった。

四人が社会に出てから所在を隠すまでの数十年に亘《わた》る年間予定《スケジュール》を調べ上げようというのである。

古いものでは八十年近く前の記録になる。

ダイアナの手腕をもってしても、さすがにそんな情報を抜き出すのはいささか骨だった。

ほとんどトーレスを動かなかったグランヴィルを除けば、三人とも現役時代は恐ろしく多忙な人物で、分刻みで共和宇宙各地を飛び回っていたからだ。

当然、情報量も半端ではない。

しかし、ダイアナも、共和宇宙一多忙な財界人と言われたケリーの秘書を長年務めていた感応頭脳だ。

三日間これにかかりきりになり、延べ時間にして三百年を越える四人の予定を一分刻みで調べ上げて、整理分類してみたが、残念ながら、彼らの今現在の潜伏場所を突き止めることはできなかった。

「ただ、関連があるかどうかは不明だけど……」

これだけ働いても疲れないのが利点のダイアナはそう前置きして、慎重に指摘した。

「この四人が何らかの形で関わった学校、もしくはその地域では、その後、十代の女子生徒が死亡する事件が頻繁《ひんぱん》に起きているわ」

「何だと？」

「マクマハン教授とドーセット議員は職業柄《がら》かしら、各地の学校に招かれて盛んに講演を行《おこな》っているの。他の二人は人前に出たがらないけど、備品の寄贈や多額の寄付をしてるわ。トーレスからほとんど外に出ないはずのグランヴィルが連邦大学に寄付なんて、おかしな話じゃない？　ウッドストーンに至っては たとえお金をもらうことはあっても寄付するなんて考えられない人なのにね。本人は、青少年の育成に金を惜しむべきではないなんて言っていたけど」

「ああ、そいつは俺も何となく覚えてる。どこかの買収劇で揉めて、本人の評判がひどく悪かった頃だ。人気取りの作戦だろうって非難されてたな」

「それ以前から、この人は寄付に熱心だったようね。とにかくそんなふうにして四人のおじいさんたちが関わったのは大学が十七、高校が三十八、中学校が百二十九。その全部の学校と地域にその後の現地の出来事を調べて重ね合わせてみたのよ。そうしたら、四つの高校と十五の中学校で生徒が死亡する事件が起きている。それも極めて不自然に、九六一年から一年にちょうど一人ずつ、同じ頃にという割合でね。

——資料を出すから自分の眼で見てちょうだい」

ケリーとジャスミンが真剣に覗《のぞ》いた内線画面に、過去の四人の行動と事件の年表が表れる。

最初は九六一年の五月だ。マースのフィリップス高校一年生パメラ・スモールが死亡。この学校には九五八年にドーセットが講演に訪れている。

翌九六二年四月にトーレスのヒルトン中学三年生ジャネット・サリーフィールドが死亡。九五四年にグランヴィルが備品を寄贈している。

翌九六三年五月、連邦大学のボルダー高校一年生、アレサ・ショーンが死亡。マクマハン教授が講演を行ってわずか半年後のことだった。

翌九六四年四月、エトヴァのハワード中学二年生ケイトリン・パーカーが死亡。ここにも九五九年にウッドストーンが多額の寄付をしている。

九六五年も九六六年も同様だった。九六一年から九七九年まで実に十九件。一年に一人ずつ、それも三月から五月に掛けて、この四人が関わった学校の女子生徒が死亡しているのだ。

「……これは何かの偶然かな？」

ジャスミンが物騒に金色の眼を光らせて言えば、ケリーも唸った。

「こんな不自然な現象は偶然とは呼ばねえよ」

ダイアナも険《けわ》しい顔である。

「学校側が著名人に講演を頼んだり、多額の寄付をくれた人を式典に招いたりするのはよくあることよ。一人の著名人が訪れた学校すべてで事件が起きればさすがに目を引くでしょうけど、これだけせっせと、しかも四人がかりで動いていればあまり目立たない。おじいさんたちが接触してから事件が起こるまでの期間にも幅がある。半年後のこともあれば十年後のこともある。何より、この四人を関連づけて考える人は今まで一人もいなかったんだわ」

「聖ソフィア学園はどうなんだ？　一覧表に名前が載ってないが、誰か関わってるのか？」

「いいえ。九七九年まで接触なし。ただし、彼らが所在を隠すようになったのもこの頃からなのよ」

以来、彼らの足取りは絶えている。

生きていることは明らかでも、どこに潜《ひそ》んだのか《パラス・アテナ》の面々にも今もって掴めない。

「では九七九年以降、この一覧表に記載されている学校で生徒の死亡事故は？」

「一件もなし。――当然よね。もともと安全設備にたっぷりお金を掛けている名門校ばかりだもの」

ケリーもジャスミンも考え込んでしまった。

「亡くなった十九人の女子生徒に共通点は？」

「これと言ってないわ。出身もばらばらで、年齢も十三歳から十六歳と開きがある。死亡原因も様々ね。ただ、彼女たちを評する学校の先生や級友の言葉に興味深い共通点がある。――亡くなったのはとても美しい少女だった、学業も運動も特に優れていた、他にも絵が得意、楽器の演奏に優れている、踊りがじょうずだったなど、口を揃えて彼女たちの才能を称えているわ。もう一つ、全員に共通しているのは一時的な行方不明」

「何だって？」

「十九人のうち四人は休日に山や湖に遊びに行って遭難、大々的な捜索が行われて、最短で四十八時間、最長で四百時間後に遺体が発見されているわ。他の十五人も病気や事故で死んだ人は一人もいないのよ。買い物へ行く、友達の家へ行く、あるいは下校途中、忽然《こつぜん》と姿を消して行方不明になっているの」

「その点はミシェル・クレーにも該当するぞ。ただ、彼女は生きて戻ってきたわけだが……」

「その十五件は誘拐ではなかったんだな？」

「身代金の要求は一件もないわ。警察は行方不明になったのが地元では評判の美少女だったことから、最初から変質者による犯行という目星をつけていた。事実、その推測を裏付けるようにまともな姿で発見された少女は一人もいないわ。どの遺体にも激しい損傷が認められている」

ケリーが顔をしかめた。

「……具体的に訊くのは非常にいやな気分なんだが、どんな損傷だ？」

「どの遺体でも顕著だったのは乳房と下腹部の欠損。内臓や四肢が欠けている場合もあったみたいね」

ジャスミンが低く唸った。

「……犯人は逮捕されたのか？」

「逮捕された件が七件、未解決が八件。送検された容疑者にも共通点があるわ。性犯罪歴を重ねている札付きの悪党ばかり。かばう値打ちのない人間ではあるけれど、ある報道機関は、警察はこの容疑者を身代《スケープゴート》わりにしただけだと非難したわ」

「未解決で終わらせると警察の威信が保てないから適当な人間を犯人に仕立て上げたってのか？」

「実際、決定的な証拠はない。ここで注目すべきは山や湖で行方不明になった少女も、発見された時はひどく遺体が傷んでいたということかしら。所管の警察は動物に襲われたものだと判断したけれど……十九件に共通している点と言ったらこのくらいよ」

ケリーもジャスミンも真剣に考え込んだ。

資料を見ながらケリーは独り言のように呟《つぶや》いた。

「この四人がやったんだろうな……？」

ジャスミンも同じ資料を睨《にら》んで言った。

「これだけ揃っているんだ。間違いない」

「しかし、狙いは何だ？　わざわざ一年に一人ずつ少女を殺害して、いったい何の意味がある？」

「いいや、意味などないんだろう。あの天使たちにしたことを考えても、この連中はまともな人間とは言えない。まして被害者が評判の美少女ばかりだというなら、どんなに老いぼれても頭がおかしくても、男は男ということじゃないのか？」

「いや、そうすると、ミシェル・クレーの事件との関連性が見えない。これも連中の仕業《しわざ》だとしたら、どうしてミシェルは生きて戻ってきたんだ？」

十九の事件が起きた場所を宙図に表示してみても、共和宇宙中にまんべんなく散らばって、関連事項があるようには見えないのだが、そんなはずはない。

「被害者のほうに何か共通点があるんじゃないか？　全員金髪とか、同じ系統の血筋とか……」

「被害者の人物紹介《プロフィール》も可能な限り把握してみたけど、そんな事実はないわ。家系の点でも共通点なし」

《パラス・アテナ》の顔ぶれは何時間もこの問題に取り組んだが、どうしても答えが見つからない。

考えすぎて頭の痛くなったケリーとジャスミンはひとまず休むことにした。

ダイアナと違って二人とも生身の人間である。どんなに気が急《せ》いても稼働時間には限界がある。

「何かわかったらすぐ起こしてくれ」

「了解」

船内時間で六時間ほどぐっすり眠って起きると、ダイアナはまだこの問題に取り組んでいた。

それも相当熱中しているらしい。

いつもなら二人が眼を覚まして食堂へ行く頃には、ぬかりなく料理を始めて、すぐに食べられるようにしているのに、今日は調理機器が動いていない。

「ダイアン？」

「適当にやってちょうだい。手が放せないの」

とても船内を管理する感応頭脳の台詞《せりふ》ではないが、仕事に熱中しているなら邪魔するのも悪い。

ジャスミンは苦笑して言った。

「仕方ない。妻の手料理でも振る舞うとするか」

「……食えるものにしてくれよ」

そう言いながら、任せきりにするのも心配なので、ケリーも手伝った。二人がかりで船内時間の朝からかなりの食材を加熱していると、突然、ダイアナが叫ぶように話し掛けてきた。

「わかったわよ、ケリー。占星術だわ！」

ケリーのみならずジャスミンも呆気にとられて、思わず料理の手を止めた。

何かの聞き間違いかと思ったのだが、内線画面に映るダイアナの表情は大真面目である。

「恒星セントラルを基準に考える新共和占星術よ。この十九の事件を発生した順番に点で結ぶと、立体羅針盤《らしんばん》上に正確な五線星系が描かれる仕組みなのよ。わかってみれば馬鹿馬鹿しいくらい単純だわ」

ケリーは慌ててダイアナの言葉を遮《さえぎ》った。

「ちょっと待て！　それこそあり得ないだろう！　居住可能型惑星が均等の線の描ける配置に都合よく並んでいるとでも言うつもりか！」

「そうなのよ。そんなことはありえない。だから、わたしも気がつくまでこんなに時間が掛かったのよ。星と星とを直線で結ぶのではなく、新共和占星術の基本的な理念である五色《ごしき》七十二宮《ぐう》で区分けするの」

「はあ？」

「宮が決まると、今度はその宮の中心を基準に考え、もっとも強く健康と繁栄《はんえい》を現す方位に位置する星を割り出す——そういう法則だったのよ」

ケリーは呆気にとられて突っ立っていた。

これまでの彼の人生で（七十二年で終わった前の人生も含めて）占いという言葉は存在しなかったと言っていい。周囲にはそれにこだわる人間もいたが、ケリー自身はまったく興味も関心もなかった。

異世界の言葉をいきなり聞かされたような状態で、

とてもではないが理解が追いつかない。

ジャスミンもケリーと似たようなものだったが、こちらは唖然《あぜん》としながらも果敢に質問を試みた。

「五線星形とはいわゆる星の印《マーク》のことだろう。では五カ所を踏んだら元の地点に戻るのか?」

「まだよ。内側に形成される正五角形の五点がある。その後は元に戻り、次は角度を変えてもう一周する。――今は四周目に入ったところだわ」

ケリーはほとほと呆れて言った。

「ダイアン……おまえ、正気か?」

「実際に見たほうが早そうね。事件を全部つなぐとこうなるの」

ダイアナが画面に表示したのはケリーも見慣れた立体羅針盤だった。ただし、宙域でも航路でもない、ケリーが一度も見たことのない妙な色分けがされて、恐ろしく派手な色彩になっている。

「九六一年の宮がここ。翌年がここ。さらに翌年がここよ。どう?」

点と点をつないでいくと、なるほど立体羅針盤にきれいな星形が描かれる。

「最後に確認された九七九年の事件はここの宮よ。線を延ばせば自動的に次の宮はこっちになる」

その『宮』と言われた範囲を認識して、ケリーはますます開いた口が塞《ふさ》がらなくなった。

「……だから、ちょっと待て。この羅針盤を実際の宇宙に置き換えて考えてみろ。この『宮』はざっと五百光年もの広範囲になるんだぞ。失せもの探しにしても少しばかり広すぎやしないか?」

「だからこそ、一つや二つは必ず居住可能型惑星が存在するってことよ。問題はここから先で、計算が合わない場合は近隣の惑星で妥協する必要が生じてくるはずだけど、今のところ大きな誤差は出さずにすんでいる――運がいいのね」

「おい、ダイアン……」

「わたしは冗談を言っているわけじゃないわ。現に九八〇年三月、この『宮』の繁栄を示す星を探すと、該当するのは惑星スノーク。レヴァイン中学二年生エイミー・アレックスが下校途中に失踪、行方不明。およそ百時間後に遺体で発見。遺体は原形を留めぬほど損傷が激しく、犯人は未だ不明」

「…………」

「次からが三周目よ。基準の恒星セントラルに対し、東に三十度の角度をつける。第一点は必然的にこの『宮』ということになる。現地の占星術に則《のっと》って計算すると、該当するのは惑星ポントゥス。九八一年五月、ブルーストーン中学一年生クリスティナ・ハインツが友達と買い物に行くと言ったまま失踪。約四十八時間後に遺体で発見。遺体は損傷が著しく、何度も性犯罪の逮捕歴がある浮浪者が容疑者として浮上するも決定的な証拠がなく、事件は迷宮入り」

「…………」。

「次の宮を見ると九八二年四月、惑星クリステルのマウントジャンクス中学三年生ダイナ・ロビンスが失踪。約七十二時間後に遺体で発見。遺体は損傷が激しく、犯人は不明。次に該当する宮に移動すると、九八三年三月、惑星ラッセルのフェイズ中学二年生リタ・シモーネが失踪。約八十時間後に遺体で発見。――まだ聞きたい？」

さすがにケリーにも声がなかった。

もちろんジャスミンもだ。

二人とも派手派手しい立体羅針盤を茫然《ぼうぜん》と見つめ、やっとのことで声を洩らした。

「……本当かよ？」

「……やっぱり、頭がどうかしてるらしいな」

「いいえ、占星術で見れば極めて規則正しく事件が並んでいることになるわ。共和宇宙全域で青少年のこうした事件はそれこそ毎日何万件と発生している。従ってこれらの事件だけに注目する人はいないけど、この十一件には明らかに関連性があるわ。被害者に共通する特徴も前の十九件と同じなのよ。容姿端麗《たんれい》、学業運動ともに優れ、注目される特技を持っている。そしてね、この法則に則って今年から四周目に入る五線星形を羅針盤上に描こうとすると、まさに惑星ツァイスのあるランバイン星系を指すのよ」

二人は大きな息を吐いて、再び茫然と呟いた。

「なんてこった……」

「いったい、何のためにこんなことを……？」

ダイアナも動機だけはまだ特定できないようで、難しい顔で首を捻っている。

「普通に考えれば、死にかけの老人になってもまだ若い女の子の肉体に執着していると思うべきだけど、それにしては、わざわざこんな方法を使って場所を決めたり、殺害の時期を限ったり、やることが妙に儀式めいているわ」

「どうも納得いかないんだが……これでこの連中とミシェル・クレーが結びついたわけか？」

「そうよ。彼女も本来犠牲者の仲間入りをするはずだったのに、何故か殺されなかった。そこには何か理由があるはずだけど、それはまだわからない」

朝から慣れない会話で疲れさせられたケリーは、やれやれと肩を落として手を振った。

「任せた。せいぜい頑張って考えてくれ……」

「何を呑気《のんき》なこと言ってるのよ！」

ダイアナは血相を変えて身を乗り出すと、自分の操縦者を叱り飛ばした。

「ケリー、わからないの？　これは新共和占星術よ。占いなのよ！　四人の顔を知った天使さんがこんな露骨な法則に気づかないとでも思ってるの⁉」

ケリーもジャスミンも愕然《がくぜん》とした。

急を要する問題を後回しにしてまで、黒い天使は何故こんな別件に取り掛かったのかと思っていたが、とんでもない。別件どころの騒ぎではなかったのだ。

「だから——だから『こっちが先』だったのか⁉」

ジャスミンが血の気の引いた顔で叫ぶと同時に、ケリーも叫んでいた。

「跳躍準備！　ランバイン星系だ！」

7

金曜の放課後。聖ソフィア学園の音楽堂は異様な緊張に包まれていた。

この音楽堂は普段の授業や部活動には使われない。主に大きな発表会に使われている場所だ。合唱クラブや吹奏楽クラブが、そうした発表会が迫った時に全体練習に使用しているくらいである。普段の練習はもっと小さな部屋で事足りるので、これほど広い場所を使う必要はないのだ。

今そこに音楽主任のゾーイ・ストリングス教師が伴奏を務める教員を連れて現れた。彼女が招聘《しょうへい》したスレイン・ハサウェイ教授も一緒である。

その後ろにルウが続いていた。

広々とした音楽堂を困惑の眼で見渡して言う。

「こんなに立派なところで歌うんですか？」

「あなたの声なら大丈夫です。どのくらい響くのか実際に聴かせてほしいのですよ」

音響設備の整った教室なら他にもあるが、やはり実際の空間があるとないとでは音がまるで違う。

言い換えれば独唱でこれだけの空間を埋めるのは容易なことではない。

ルウが戸惑う理由はもう一つあった。

ここは音楽堂だから当然舞台と座席があるのだが、その席の半数以上が既に埋まっている。

合唱クラブや吹奏楽クラブ、音楽には無縁の他のクラブ員、さらには聖トマスの生徒まで来ている。

ルウの歌のうまさは聖ソフィアでも聖トマスでも今ではちょっと知られている。

音楽関係者の間では高名なハサウェイ教授がその歌をわざわざ聴きに来るというので、見学したいと希望する生徒が大勢いたのだ。

隠す必要もないのでストリングス教師も音楽堂を

開放したのだが、思った以上に生徒が集まったので、一応、ルウに確認を取った。

「この人たちの前で歌ってもらうことになりますが、よろしいですか、ミス・クェンティ？」

予想外に増えた聴衆を見渡して、少女はあくまで困惑の口調で言った。

「かまいませんが、皆さんに聴いていただくだけの値打ちがわたくしの歌にあるかどうか……」

聴衆の中にしっかり混ざっていたシェラとリィは、危うく唸《うな》りそうになった自分をかろうじて制した。

さらには、ひときわ大きな身体を最前列の椅子に収めたハサウェイ教授が厳しい口調で言う。

「謙遜《けんそん》は美徳にはなりませんよ、ミス・クェンティ。それだけの値打ちがなければ困りますね。わたしは無駄足を運んだことになります」

ストリングス教師は自信満々に言った。

「ご心配なく、教授。決して失望はさせません」

舞台に上がった伴奏者が楽器の前に座り、ルウがその横に立ったのを見届けて、ストリングス教師はハサウェイ教授に短く説明した。

「曲目は『炎』、『魔王の行進』、『一輪の花』です。これで彼女の実力をわかっていただけるはずです」

シェラの斜め前に座っていた生徒が小さく笑って呆れたように言うのが聞こえた。

「……すごい無茶な選曲ね。女性低音と男声低音と女性高音じゃない」

しかし、ハサウェイ教授は鷹揚《おうよう》に頷《うなず》いた。

「結構です。——始めてください」

伴奏者が演奏を奏で始める。

音楽堂にやってきた生徒の中には興味本位だったものも少なくない。音楽に興味のない生徒もいたが、最初の一声で彼らはもう動けなくなった。

音楽堂に満ちたのは一口で言えば女の情念であり、怨念《おんねん》でもあった。

『炎』とは、夫が若い女に気を惹《ひ》かれていることを知った妻の嫉妬《しっと》を歌った歌だ。

夫の不実を恨《うら》み、憤《いきどお》り、相手の女を憎み、呪いに等しい嫉妬の炎ですべてを燃やしつくさんとする、凄《すさ》まじい妻の心境を歌っている。

おまえのその赤い唇が夫に愛を囁《ささや》いたか
おまえのその黒曜石の瞳《ひとみ》が夫を惑わせたか
おまえのその白い肌が夫の心を捕らえたのか
おのれ、汚らわしい犬め！
この裏切りをどうして許せよう

それほど激しい炎を燃やしながら、これは単純な悋気《りんき》の歌ではないと、歌い手の技倆ですぐにわかる。

妻の心には悲しさと寂《さび》しさと、それでも消せない夫への愛情がある。強すぎる炎で女はおろか夫をも焼き殺してしまいかねない深い苦悩と悲哀がある。

こんな歌は間違っても十代の少女には歌えない。

譜面通りに声を出すことはできても、こんな妻の複雑な心境を十代の少女が表現できるわけがない。


だが、ルウは激しく燃えさかる嫉妬の業火《ごうか》の中に、滲《にじ》み出る寂寥感《せきりょうかん》と悲嘆とを確かに声に乗せていた。

一曲が終わると、すぐにまた伴奏が始まる。

生徒たちはこの段階で既に呆気にとられていたが、歌い出したルウの声を聴いて二度驚いた。

一曲目とはまったく音調《トーン》が違っていたからだ。

間違いなく少女の声でありながら地を這《は》うように低い。先程の怨念に揺れる声とは違って、音楽堂が轟《とどろ》くような力強い響きを放つ声だ。


さあ、そこを退け、道を譲れ！

魔王の剣で眼を潰《つぶ》されたくなければ！

何も見るな、何も聞くな、口をつぐめ！

遅い！　魔王の指はおまえの心臓を摑《つか》んだぞ！


聖ソフィアの少女たちが小さな悲鳴を上げた。

漆黒《しっこく》の外套《がいとう》を翻《ひるがえ》して疾駆する魔王の姿が本当に見えたような恐怖を感じたからだ。

聖トマスの少年たちまで青くなって、椅子の上で身を寄せ合っている。

この様子を目の当たりにしているリィとシェラは冷や冷やしっぱなしだった。

別の意味で生きた心地がしなかった。

二曲目が終わった段階で、心配と不安に駆られたシェラは思わずリィに眼で問いかけたのである。

(大丈夫なんですか、これ?)

間違いなく救いを求める視線になっていたと思う。

リィの顔も間違いなく引きつっていたと思うが、やはり眼で言い返してきた。

(かろうじて許容範囲内じゃないかと思う……)

(そうは聞こえませんよ!)

(飛び出して止めるわけにも行かないだろうが!)

(あなたならできますよ!)

眼と眼で器用にも悲鳴じみた会話を交わしながらシェラは本気で止めて欲しいと願った。

何故と言って周りの生徒たちの反応が恐い。

これはもう、歌の技倆に感心する段階を遥《はる》かに超えている。まさしく度肝《どきも》を抜かれているのだ。

歌っている本人だけは平気な顔で『一輪の花』を楽しげに歌い始めた。前の二曲とは打ってかわって、可憐《かれん》な少女の淡い恋心を歌ったものだ。

この花を誰に捧げましょう
わたしの恋人はどこにいるのでしょう
たった一輪、大切に咲かせたこの花を
受け取ってくださる方はどなたなのでしょう
ああ、あなた。わたしはここです
あなたの訪れを待っています

まだ見ぬ恋人を思い、その人が自分の前に現れる時を思って幼い少女は胸をときめかせている。

またもや音調も声の高さも全然違う。

薄青い氷のかけらのように清らかに澄みわたった、それでいて深みと張りのある声——まさしく天使の声が音楽堂いっぱいに響き渡る。

生徒たちは恍惚《こうこつ》として聞き惚《ほ》れていた。

驚くべき音域を歌い分けているだけではない。

声の性質まで違って聞こえる。

『炎』では暗く粘《ねば》りのある声、『魔王の行進』では打楽器のようにずしんと響く声、『一輪の花』ではどこまでも細く透き通った、鈴を振るような声だ。

本来の音域も声質もこの部分なのだろう。

淡い恋心を歌う天使の声は天上の鐘の音のように高らかに鳴り響き、至福の光のようにきらきら輝きながら惜しみなく降り注《そそ》ぎ、心を暖かく潤《うるお》していく。

シェラの身体が抑えきれない感動に震え始めた頃、歌が終わった。

伴奏が止んでも、どこからも拍手が上がらない。

音楽堂は針一本落としても聞き取れそうなほど、しんと静まり返っている。

反応がないことにルウのほうがちょっと戸惑って、軽く頭を下げた。

とたん大歓声が湧き起こった。

ようやく我に返った生徒たちは音楽堂を揺るがす歓声を上げながらいっせいに立ち上がった。


みんな無我夢中で惜しみない拍手を送っている。

はるばるやってきたスレイン・ハサウェイ教授はほとんど青い顔をして、自分をここまで呼びつけたかつての教え子を振り返った。

その無言の問いにゾーイ・ストリングス声楽主任教師も緊張と歓びの表情で頷いたのである。

「当校に入学する生徒はみんなすばらしい可能性を秘めています。それでも、まさかこれほどの宝石を見出せるとは予想もしていませんでした」

「そうでしょうね。あなたの驚きは理解できます」

深い吐息を洩らして、ハサウェイ教授は席を立ち、ルウに向かって短い拍手を送って言った。

「ミス・クェンティ。あなたの歌唱法は一種独特なものですし、改善しなければならない点もいくつか見られますが、今ここではっきり言っておきます。

あなたの声には無限の可能性があります。あなたがもしそれを望むなら、ツァイスのすべての人の前で歌えるようになるでしょう」

　生徒たちが大きくどよめく。

　ハサウェイ教授は『褒《ほ》めて伸ばす』が主流の教育界では異色の辛口指導で有名な人だからだ。

　見込みのない生徒にははっきり言う人なのである。

　その教授がここまで手放しで生徒を褒めることは極めて珍しい。

　ルウも嬉《うれ》しそうに頰《ほお》を染めて軽く膝《ひざ》を折った。

「ハサウェイ教授にそこまで言ってもらえるなんて、本当に光栄に思います。ですけど、わたくしは歌を職業にしようとは思っていません。親しい方たちに楽しんでいただければ、それで充分です」

　ハサウェイ教授は深いため息を吐いた。

「それではツァイス歌劇界は十年に一人の大歌手を失うことになりますね」

　ルウは困ったような顔でうつむいてしまった。

　リィとシェラだけは心の中で注釈を入れていた。

　それは違う。ツァイス歌劇界ではなく連邦最高の水準を誇るユリウス歌劇界であり、十年に一人ではなく百年に一人の大歌手の間違いだ。

　未だに一人として立ち去ろうとしない生徒たちがそれを証明している。

　しかし、聖ソフィアは生徒の意志を尊重している学校である。何より、本人にその気がないのに無理強いしても意味がない。

　それでも、この宝石を道端に転がしたままにしておくのはあまりに惜しいと教授は思ったようだった。

「親しい人のために歌う、それはとてもすばらしいことですが、あなたはまだ若いのですから、将来を決めてしまうのは早すぎますよ。来週からあなたはわたしが教えます。二人でゆっくり考えましょう」

　ルウは顔を輝かせて礼を言い、ハサウェイ教授はかつての教え子としっかり握手を交わした。

　舞台を降りてきたルウを、興奮した女生徒たちがわっと取り囲む。

「すごかったわ！　ルウ！」

同室のパッツィが夢中の様子で言ってくる。

他の聖ソフィアの生徒たちも口々に話し掛けた。

「驚いた！　一度も正式に習ったことがないなんて信じられないわ！」

「本当に歌手にはならないの？」

生徒たちの絶賛を浴びたルウははにかんだように言ったものだ。

「ええ。歌うのは好きだけど、こんな大きな会場で歌うのは恥ずかしいもの」

「何を言うのよ！」

「そうよ、もったいないわ。ハサウェイ教授に直《じか》に教えてもらえるなんて滅多にないことなのに！」

「そのとおりよ」

ウェザービー・ハウスの監督生ディアーヌも頬を薔薇色《ばらいろ》に染めながらルウの歌を絶賛した。

「今度、ぜひ寮であなたの独唱会を開いて欲しいわ。他の寮生や先生たちにもぜひ聴かせてあげないと」

「あら、ウェザービー・ハウスだけなんてずるいわ。わたくしたちも招待してちょうだい」

「そうよ。みんな何を置いても聞きに行くわ」

こうなると男の子たちには出番がない。

歌の余韻《よいん》を胸にひとまず引き上げようとしたが、ルウはその動きを見逃さなかった。

「ヴィクター、待って」

リィが足を止めたのはもちろん、他の少年たちも驚いて立ち止まった。

ルウは小走りに金髪の少年に走り寄ると、少年の腕に自分のそれをするりと絡ませたのである。

聖ソフィアの少女たちが眼を見張った。

聖トマスの少年たちも絶句した。

この両校では最上級生の恋人たちでも、ここまで大胆に人前でふれあうことは滅多にないからだ。

しかし、少女は人の眼など気にしていない様子で、にっこりと少年に笑いかけたのである。

「途中まで一緒に行きましょうよ」

腕を組んで音楽堂を出て行った二人の背後では、少女たちの眼がいっせいにシェラに集中していた。

あからさまな同情の視線である。

実はまたもや笑いを噛《か》み殺すのに必死だったが、ここは大いに傷ついた様子を――それでいて平静を装う必要のある場面だ。表情のいい訓練になるなと思いながら、シェラは少女たちに向かって、わざと苦しい笑顔をつくってみせた。

一方、リィもまた大変な話題を提供したらしいと思ってはいたが、腕を組んで歩いているこの状況は実はそれほど重要ではない。

広い敷地を持つ学校のいいところは、少し歩けば他の生徒の姿がなくなることだ。

それを確認すると、リィは自分に寄り添う少女に小声で話し掛けた。

「肝が冷えたぞ。あんなふうに歌うなんて……」

「あら、気に入らなかった?」

楽しそうに言われて、恨みがましげに黒い天使を睨《にら》んだリィだった。

「おれはいいんだよ。慣れてるから。他のみんなが卒倒するんじゃないかって心配になった」

少女はくすくす笑って組んだ腕を解くと、今度は指を絡めてきた。

「女の子の身体もたまにはいいわね。こんなことをしてても変に思われないもの」

「おれは普段の身体でも気にしないけどな」

「あたしもよ。――ただね、いつものあたしたちがこんなことをしていたら見る人が驚くでしょ?」

十三歳の少年と二十歳前後の青年が手をつないで歩いていたら、確かにかなり奇異に見える。

世間を騒がせるのは彼らの本意ではない。

何しろ、目標は『めざせ一般市民』だ。

二人ともいつもと違う今の状況を楽しんでいたが、校門に向かって歩きながら、ルウが唐突に言った。

「あたしね、そろそろなんじゃないかと思うの」

リィは相棒のこういう物言いには慣れているので、黙って次の言葉を待った。

「月曜か——遅くても火曜には帰れると思うわ」

「おれは何をすればいいのかな？」

「もちろん、帰り支度」

あっさり言われて、リィは苦笑した。

「そりゃあまあ、ルーファに売られた喧嘩《けんか》だから、手出しはしないけど……」

「違うわよ。あたしたちに売られた喧嘩でしょう」

リィは思わず隣を歩く少女を見つめた。

少女はリィを見ようとしない。青い瞳でまっすぐ正面を見つめたまま、厳《おごそ》かな口調で言った。

「だから、あたしが行くのよ」

「…………」

「喧嘩はね、この間あなたが終わらせているのよ。今回のこれは喧嘩にもならない——あたしはここに後片づけに来ただけよ」

「…………」

「今のあたしにしかできないことでもある。だから、あたしが行ってくるわ」

リィはそっと天を仰いだ。

明日明後日と聖ソフィアは授業は休みだ。

その休日を使って何か物騒なことをしようとしているのはわかる。

ただし、それが何なのかは決して言わないことも、止めても無駄なのもわかっている。

校門近くまで来たのでルウは手を離そうとしたが、リィは逆にその手を握り直して、立ち止まった。

向かい合って互いの手を握っている様子は端から見れば正しく恋人同士である。

指を絡めたまま、リィは宝石のような青い眼を、しばらく黙って見つめていた。

ルウも黙って新緑のような緑の瞳を見つめていた。

リィはやがて、少女の唇に自分のそれを軽く触れ合わせると、顔を離して悪戯《いたずら》っぽく笑ったのである。

「喧嘩じゃないんなら無傷で戻ってこいよ」

「もちろん、そのつもり」

少女も笑って啄《ついば》むように返してくる。

抱き合うことはしなかった。

二人はそこで別れた。


次の土曜日、ルウは朝から銀細工教室に籠《こ》もって、熱心に作業を続けていた。

ルウは声楽の他に彫金の授業も専攻している。

その技術を生かした趣味の時間だった。

月曜に銀板を切り出すところから始めてかたちを整え、何度も研磨剤《けんまざい》を変えて丹念に磨《みが》き上げ、今は既に装飾の段階に入っている。

小さな銀の指輪の表面に蔓《つる》と葉を象《かたど》った精緻《せいち》な模様を彫り込んでいく。

古典的な意匠《デザイン》だが、あまり模様を細かく彫っても潰れてしまうし、単純に大きくてもつまらない。

一人黙々と作業を続ける玄人跣《くろうとはだし》のルウの手際に、生徒たちは感心しきりの様子で言った。

「すごいわねえ。こんなに細かい模様……」

「彫金は初めてじゃないのよね？　ずいぶん経験があるんでしょう？」

手元に熱中しているルウは顔も上げずに言った。

「そうね。こういう飾りをつくるのは好きだから」

「自分用なの、それ？」

「いいえ、贈り物。前にも同じのをあげたんだけど——ちょっと事故があってね。壊れてしまったの」

では、これはあの少年への贈り物ではないのだと、生徒たちは素早く判断した。今のはずいぶん昔から知っている人を語る口調だし、あの金髪の少年とは一週間前に知り合ったばかりだからである。

「ヴィクターでないなら誰にあげるの？」

「内緒。わたくしの一番大切な人よ」

悪戯っぽく笑いながらそんなことを言われたので、少女たちは、きゃあっと笑いさざめいた。

誰なのよ、教えなさいよと詰め寄ったが、ルウは笑って相手にしなかった。

午後も銀細工教室に籠もって指輪を完成させると、ルウは自室に戻り、リィに宛ててメールを送信した。

そのメールにリィが気づいたのは夕食後だ。

部屋に戻ると端末がメール受信を知らせており、開けてみると、明日よかったら街で会いましょうという内容で、待ち合わせの時間と場所が書いてある。

ちょっと首を傾げる思いがした。

手出し無用と態度で示したはずなのにと不思議に思ったものの、断る理由はない。

もちろん喜んで行くと返事を出した。

リィもルウも、この『学内便』では、ミシェルのことは一言も持ち出さなかった。

生徒の私生活《プライヴァシー》には配慮していると言うものの、学校が生徒を管理している以上、いつどこで内容を見られないとも限らないからだ。

そのリィの返事を受け取って、およそ一時間後。

自習をしていたルウの元にまたメールが届いた。

再びリィからだった。

開けてみると、明日の待ち合わせの場所と時間を変更したいという内容である。

ルウはひっそりと笑って了解した旨《むね》の返事を送り、翌朝、完成した指輪を部屋に残して学校を出た。


リィが待ち合わせのバス停に着いた時、目当ての人の姿はまだ見あたらなかった。

どのみち聖ソフィアからのバスもここに着くので、じっとしていれば自動的に会える道理である。

考えることは皆同じと見えて、バス停の周りには聖トマスの生徒たちが大勢群がっていた。

やがて次のバスが到着し、今度は少女たちが大勢降りてくる。

待ち合わせの相手を見つけて歓声を上げる少女、まだ会えずにがっかりした顔の少女、様々だったが、その中にひときわ眼を引く長い銀の髪があった。

「シェラ？」

「リィ？」

二人とも驚いた。

何故ここにいるのかを素早く質《ただ》し合った。

「わたしはルウに誘われて来たんですよ」

「ええ？」

それは昨日の夕食後のことだったという。

食事を終えて寮へ戻ろうとしたシェラを呼び止め、明日は『女同士』で遊びに行きましょうよとルウは言い、この場所と時間を指定してきたのだという。

シェラとしてはもちろんただの遊びのわけはない、ミシェルに関することで行動するのだろうと思って、快く承諾した。

つまりルウはシェラを誘っておいて、同じ場所と時間にリィと会う約束を取りつけたことになる。

しかも、自身はここに現れない。

まんまと引っかけられたらしいと察して、リィはやれやれと肩を落とした。

「まずいな……」

「はい？」

「非常にまずい。これでおれには完全に二股男《ふたまたおとこ》の烙印《らくいん》が押されるぞ」

シェラは眼を丸くして、小さく吹き出した。

「確かに、そういうことになりますね」

現に、バス停でまだ待ちぼうけを喰わされている少年たちの視線が非常に痛い。

「参ったなあ……」

リィは頭を抱えてひたすらぼやき、逆にシェラはくすくす笑って言ったものだ。

「ここで引き返すのも変ですし、本当にデートでも致しますか？　わたしが相手でおいやでなければ」

リィも苦笑して相手の姿を見た。

「いやだなんて言ったらそれこそ殺されそうだな。おれの眼から見てもかなり可愛い」

今日のシェラは淡いピンクのセーター、ほとんど白に近いグレーのプリーツスカート、白のエナメル靴《ぐつ》という出で立ちである。髪には真珠の飾りをつけ、少女たちの中でも抜群に目立っている。

リィは薄い緑の半袖《はんそで》ニットに青いジーンズという素っ気ない格好だったが、それすら桁《けた》外れの美貌《びぼう》を際だたせている。その隣にシェラが立つと、まさに金と銀で一対につくった人形のようだった。

たまたまバス停に来合わせた一般人まで、二人に見惚れてバスに乗るのを忘れそうになっている。

あらかじめ予定を決めてあった生徒たちは映画や芝居を楽しみに行ったようだが、取り立てて目的のない二人は取りあえず賑《にぎ》やかな方向に向かった。

肩を並べて歩きながら初めて見る街を珍しそうに見物し、顔を寄せ合っては店舗を覗《のぞ》き込む。

どこから見ても立派なデートである。

リィはこういう時に茶目っ気を発揮する人なので、時々さりげなくシェラの肩を抱きよせたりする。

シェラももちろん本職の誇りに掛けてさりげなく恥じらってみせる。

内心おかしくてしょうがなかったので、シェラは極めて自然に触れてくるリィにそっと話し掛けた。

「あまり無理しなくていいですよ」

しかし、その意味がリィにはわからないらしい。

不思議そうに言ってきた。

「無理なんかしてない。こういう時に全然触ろうとしないのは却って変だろう。いやならやめるけど」

「そういう意味ではなくて……」

言い掛けて、シェラは諦めた。

自分の正体を知っているだけに、触れてくるのは気色悪くないかと思ったのだが、正常《まとも》な男としての神経をこの人に期待しても無駄である。

「あの人は、どうしてわたしたちを引き合わせたりしたんでしょうね？」

「たぶん、おれたちが一緒にいれば、何かあっても大丈夫だと思ったんだろう」

「えっ？」

「明日か明後日には帰るつもりだと言ってたからな。必然的に今日、どこかで何かしてるってことだ」

シェラは紫の瞳を僅《わず》かに見張った。

「……よろしいんですか?」

一人で行かせても。

声に出さない質問の意味はよくわかっていたが、リィは黙っていた。


これより約四時間前。

バス停にルウが降り立っていた。

陽が昇ったばかりの時間なので生徒は誰も乗っていないバスを降りた少女は、繁華街とは反対方向の方向に向かって歩き始めた。

目的地は旧市街の先にある教会である。

この街を歩くのは初めてだし、その教会も実際に見たことはないが、地図は覚えている。

昨夜のリィからの二度目のメールにはその地図と一緒に、この教会に差し込む朝の光がきれいだから、早めに待ち合わせて一緒に見ようと書かれてあった。

地図に従って旧市街に入る。

そこは景観保存地区に指定されている一角だった。

風情のある街の中でもとりわけ古風な煉瓦《れんが》造りの建築物が並んでいるが、建物の老朽化《ろうきゅうか》がひどく、現在では無人になっている。

日中には観光客も訪れるところだが、この早朝の時間帯では人通りはまったくない。

がらんとした町並みに、朝の光だけが燦々《さんさん》と降り注いでいる。

少女は古風な建物をおもしろそうに見上げながら、軽やかな足取りで旧市街を歩いていった。

袖無しの薄紫のワンピースに白い半袖のボレロというさわやかな出で立ちで、長い黒髪が鮮やかだ。

その少女が歩いていく方向、建物と建物の間から、背広を着た男が二人現れた。

観光客にも地元の人間にも見えないが、二人ともきちんとした身なりだし、怪《あや》しい人間にも見えない。

少女が気にせずに二人の横を通り過ぎようとした、その時だった。

男たちは素早く少女に飛びかかった。

一人が後ろから少女を羽交い締めにして口を塞《ふさ》ぎ、もう一人が正面から鳩尾《みぞおち》に当て身を入れる。

少女はたちまち意識を失ってその場に崩れ落ちた。


惑星ツァイスに向かって懸命の跳躍を繰り返す《パラス・アテナ》ではまだ協議が続いていた。

難しい顔でケリーが言う。

「九六一年から三十年、実に三十件もの少女殺人だ。それも計ったように年に一度、一人ずつ。いったい何が狙いなんだ？」

ジャスミンも真剣に考え込んでいる。

「ミシェル・クレーの失踪《しっそう》も彼らの仕業《しわざ》に違いない。しかし、それなら何故彼女は殺されなかった？」

「ダイアン。おまえの意見は？」

ケリーが尋ねたのにはわけがある。何と言ってもダイアナはこの一週間で四人の老人に関するありとあらゆる情報を入手し、今や彼らの人生観や心境に関するちょっとした専門家になっている。

しかし、彼女の弱点は明確な資料なしには結論が導き出せないという点だ。無念そうに首を振った。

「残念ながら断定するには資料不足よ。こちらから訊きたいくらいだわ。いったいどんな理由があれば、人間はこんな無駄なことをするのか。今の段階ではわたしには理解できないし、推測も不可能よ」

「連中にとっては少なくとも無駄じゃないはずだ。それは間違いない。占いなんかで場所を決めているところを見ると、単純に少女を殺して遺体をばらす猟奇嗜好《りょうきしこう》ってわけでもない」

「もしかしたら……」

思いついたように言ったのはジャスミンだった。過去の事件が示す五線星型を険《けわ》しい眼で見つめて、赤い髪の女王は言った。

「本当に儀式に使ったのかもしれないぞ」

「何だって？」

「この連中に共通しているのは揃《そろ》いも揃って長生きしすぎたくせに、まだ意地汚く生《せい》に執着して、そのためなら手段は問わない点だろう？　もしかしたら……何か得体の知れない迷信を信じて、長寿祈願の生《い》け贄《にえ》にでも使ったんじゃないか？」

ケリーは半ば呆れ、半ば驚いて言い返した。

「そんな非科学的な話があるかよ。いくら長生きをしたがってるとは言え……」

ジャスミンは首を振った。

「金も権力も有り余るほど持っている老人連中だぞ。グランヴィルは不老不死の研究を示唆《しさ》したそうだが、仲間のマクマハンは医学界の重鎮だ。クーアの力を頼らなくても、この連中は自分たちにできることはすべて試したはずだ。科学の力で可能なことは全部やり尽くしてしまったんだ。だからこそあの天使を捕獲しようという暴挙に出たはずだからな。湯水のように金を使い、最新の科学力を駆使しても、望む結果が得られなかったとしたら、残るのはまさしく苦しい時の神頼みというやつだ。なりふり構わずに祈禱《きとう》や呪《まじな》いにすがってもおかしくない」

ジャスミンが真面目に話しているので、ケリーは意外そうに妻の顔を見た。

その無言の問いにジャスミンは肩をすくめた。

「父がそうだったんだ。寿命を宣言されたわたしを救おうとして、ありとあらゆる科学的手段を試した。それと同じくらい、祈禱や呪いにも惜しみなく金を使っていたはずだ。効き目がないことくらい父にもわかっていたはずなんだが……何もやらないよりはましだと思ったのかもしれないな」

「俺はあんたが眠っている間、祈禱や呪いなんぞを頼ろうとは思わなかったがね」

「そりゃあ、おまえには頼れる相棒がいたからさ」

「その頼れる相棒として言ってもいいかしら？」

ダイアナが妙な顔で割って入ってきた。

深刻さと嫌悪感と理解に苦しむ感情を足して三で割ったような顔である。人間でもなかなかここまで表現できないと思うほど見事に複雑な表情だった。

「ジャスミン。あなた今、生け贄って言ったわね」

「ああ、一つの可能性としてな。おまえの話では、選ばれる星は『宮』の中でも繁栄《はんえい》を示す方位にある星ということだったし……」

「健康と繁栄を示す方位よ——いやだ、どうしよう。その言葉を最後の断片に当てはめると、ある推測が——可能性が出現してしまうんだけど……待ってよ。まさかこれで当たりじゃないでしょうね」

　ケリーとジャスミンは顔を見合わせた。

「ダイアン、今のは独り言か？　それとも俺たちに話し掛けてるのか？」

「両方よ。——ねえ、ケリー」

　ダイアナは何やら真剣な眼で自分の相棒を見つめ、声を潜《ひそ》めながら言ったのである。

「昔から文化人類学や古代民俗学で取り上げられる題材の一つに、食人習慣があることは知ってる？」

　人間二人はさすがに絶句した。

　唖然《あぜん》として感応頭脳とも思えない顔を見つめたが、美しい顔は大真面目である。

「単なる食料の場合もあるけど、実際には宗教的な意味合いで行われた例のほうが多いと言われている。たとえば身内が死ぬと、死者への哀悼《あいとう》の意からその血肉を自分の身体に取り込んで再び生かそうとする。あるいは偉大な英雄が死ぬと、その力を自分たちに分けてもらおうと、男たちが率先して英雄の遺体を貪《むさぼ》り、その血肉を自らの体内に取り込もうとする。古代民俗学によれば、こうした例は珍しい習慣ではないと、あくまで厳かな儀式として行われていたと報告されているわ」

　突然そんなことを言われて『はいそうですか』と頷けるわけがない。

　愕然《がくぜん》としながらケリーは叫んだ。

「馬鹿言え！　それを——そんな真似をこの現代にやったって言うのか⁉」

「断定はしないし、できないわ。わたしはね、そう考えれば辻褄《つじつま》が合うと言いたいだけよ。これまでの三十件は、どの遺体も乳房と下腹部が欠損していた。

つまり、なくなっていた。その欠けた部分は彼らが……食べてしまったのだとしたら?」

あまりのことに二人とも身震いした。

恐怖からではない。生理的嫌悪感のせいだ。

顔をしかめたケリーが吐き捨てるように言う。

「……ひでえ冗談だ。もしそれが当たりだとしたら、つくづく正気《まとも》じゃねえぞ」

「そんなものはとっくの昔に手放したんだろうさ」

ジャスミンも顔中に嫌悪感を浮かべている。

「ダイアナ、わたしはおまえの推測を否定はしない。この連中ならやりかねないとも思うが、正直言って、心のどこかで信じたくないと願っているのも確かだ。おまえの推理にはどの程度の根拠があるんだ?」

「わたしが示したのは一つの可能性に過ぎないわ。ただ、彼らが何を欲しているかを考えれば、答えはおのずと明らかになると思うの。それは『若さ』よ。彼らが失ってしまったもの、今の彼らが喉《のど》から手が出るほど欲しているもの、それこそ『若さ』なのよ。その対象に、なぜ少年ではなく少女を選んだのかは、やっぱり彼らが男だからと考えるべきか――昔から神と人の仲介をする役目を担うのは巫女《みこ》が多かったからなのか――とにかく儀式として行うのであれば、彼らの血肉になるべくは当たり前の少女であってはならない。美しく、頭脳明晰《めいせき》で、すばらしい肉体と才能を持つ少女でなければならない。そう考えると、ますます辻褄が合ってしまうのよ」

大型怪獣夫婦は何とも言えない顔を見合わせた。

ジャスミンはさっき自分で言ったことをもう一度、恐ろしく深い吐息とともに呟《つぶや》いたのである。

「だから……『こっちが先』だったのか」

「間違いないでしょうね。ミシェル・クレーがなぜ殺されずに放置されたかはわからないけど、彼らは大至急、代わりを探す必要に迫られた。ミシェルと同じくらい美しく才能あふれる生け贄の少女をね」

ケリーが唸る。

「そこに極上の鴨《かも》が葱《ねぎ》を背負《しょ》って飛び込んだのか」

「しかし、同じ学校から立て続けに被害者が出たら、いくらなんでも怪しまれるだろうに」

「どうかな。騒ぎになる頃には現地を引き上げて、証拠なぞいっさい残さない手筈が整ってるんだろう。この連中のことだから病院や警察に手を回している可能性もある。何より、あんたが言ったことだぞ。そんな分別を残しているようなら、そもそもこんな真似はやらねえよ」

身の毛がよだつような話をしながらも《パラス・アテナ》は最後の跳躍を終了し、ランバイン星系にその姿を現した。

惑星ツァイスまでは巡航速度で約十時間。

領海内でそれ以上の速度を出すと、ツァイス航宙警察から警告を受けてしまう。悪質と判断されれば強制的に停船させられるが、《パラス・アテナ》は巡航速度を無視して猛然と加速を開始した。


昼時になったので、空腹を覚えたリィとシェラは、街の中心にある広場に向かった。

聖ソフィアと聖トマスの生徒たちのために、この街では日曜だけ特別にパン屋が喫茶店を開いたり、天気がよければ広場に軽食店が開かれたりする。

今日も広場に大きな日傘《ひがさ》が所狭しと並んでいた。その下の椅子はほとんど生徒たちで埋まっている。二人もその仲間入りをして料理を注文した。

周りを見ると、自分たちの他にも男女で来ている生徒が結構いる反面、同性同士の生徒たちも多い。

こうも開放的だと、デートと言えども、なかなか二人きりの時間を持つのは難しい。

至って健康的な雰囲気である。

やがて出された料理に舌鼓《したつづみ》を打ちながら、こう距離が近いといつ誰に聞かれないとも限らないので、二人とも学校にいる時の口調で通した。

「あ、これ、おいしい。考えてみれば、学食以外の料理を食べるのは久しぶりだ」

「聖トマスのお食事って、どんな感じなの？」

「他の寮の食堂は知らないけど、普通だと思うよ。もう少し量が欲しいと思う時もあるけど」

「あら、わたくしもよ。運動していると足らなくて。だから食後に何か甘いものが欲しくなるの」

「甘いものが好きなら、後で食べに行こうか?」

端で聞いている分には正しくデートである。

そこへ思いがけない呼び出しが掛かった。

広場の端の店舗から出てきたパン屋のおばさんが、大きな声で呼ばわったのだ。

「モンドリアンさん。お客さまの中にモンドリアンさんはいらっしゃいますかね?」

驚きながらもリィは手を挙げた。

「はい。ここですけど……」

「星系内通信が入ってますよ。——うちの端末に」

はて? と思った。

ツァイスの宇宙施設《ステーション》には知り合いなどいない。ましてパン屋のおばさんを経由して、自分をその偽名で呼ぶ相手に心当たりなどあるわけがない。

一人例外がいるが、まさかと思いながらとにかくおばさんに礼を言って通信に出た。料金はもちろん向こう持ちだということで取り次いだらしい。

出てみると予想通りの端整な顔が異様な緊張感とともに言ってきた。

「天使はどこだ? 金色狼」

「知らない。——どうしてここがわかった?」

「その前に答えろ。今の天使は行方不明なのか?」

「そうだ。こっちは今日は休みなんだが、どこかに出かけてる。おれにも居場所がわからない」

ケリーは苦り切った息を吐いた。

「ちょっと人に聞かせられない話をしなきゃならん。場所を移動してくれ」

さほど遠くない通信センターを指定され、リィはシェラと一緒に急いでそこまで歩いた。

再び通信がつながると、ケリーは今までの調査と推測を手短に語ったのである。

リィもシェラもさすがに声がなかった。

少女の芝居を放棄したシェラが厳しい顔で言う。

「つまり、あの人は文字通り自分自身を餌《えさ》に使ったわけですか?」

画面の向こうでケリーが苦い顔で頷く。

「そうだ——ちびすけの気持ちがちょっとわかるぜ。ここまで連中の手の内がわかっているなら、なんで一言、そう言わないんだ?」

ケリーの口調には珍しく恨めしげな響きがある。

対するリィは呆れたように苦笑していた。

物騒な笑顔だった。

「言ったら、おれがへそを曲げると思ったんだろう。——実際、気持ちのいいもんじゃない」

シェラが険しい表情で言う。

「わたしも気に入りませんね。そんなに戦力としてあてにされていないのかと思いますと」

「それは違うぞ、シェラ」

意外にも金の天使が怒れる銀の天使をなだめた。

「おれたちの中で連中を釣り上げる餌になれるのは今のルーファだけだ。自分でそう言っていた。今の自分にしかできないことだってな。おれもおまえも、男の身体だっていう時点で既に失格なんだ。いくら躍起《やっき》になったところでできることは何もない」

こんな時は真っ先に激高するはずの人が、こうも冷静に話していることがシェラには不思議だった。

「か弱い女の子だと思えばこそ、向こうも油断する。——確かに喧嘩にもなりゃしないだろうよ」

「だからといって黙って見ているつもりですか?」

シェラは半分は腹を立てているが、半分はルウの身を案じて言っている。またこの間のように連中に操られたりしたらと懸念しているのだ。

リィにはそれがよくわかっていた。その気持ちを嬉しいとも思ったが、リィもだてにあの黒い天使の相棒をやっているわけではないのだ。

今、横から手出しをするのなどは絶対にまずい。

「言っただろう? 今度のことはそもそも最初から、おれたちは部外者なんだって」

「ですけど……！」

居ても立ってもいられないとシェラが訴えれば、通信画面の向こうでジャスミンが怒鳴《どな》る。

「どこにおびき出されたか心当たりはないのか⁉」

こちらも相当怒っている。

リィは諦めて、小さな息を吐いた。

「場所なら、この街のどこかだよ」

「本当か？」

「連中がルーファをただの女の子だと思っていて、偽手紙か何かで呼び出したのだとしたら、そんなに遠くまで引っ張り出したりしないはずだ。懲《こ》りずに聖ソフィアの生徒を狙ったのも、もしかしたら何か場所を移動できない事情があったのかもしれない」

ケリーがすぐさまダイアナに検索を命じた。

四人の関連企業は末端まで併《あわ》せれば万を越えるが、そのすべてはダイアナの記憶装置《あたま》の中に入っている。

ツァイスに入港した船の船籍と持ち主を片端から洗うように言って、ケリーはリィに眼を戻した。

「もうじきそっちに着く。合流するまでには場所を割り出せるはずだ」

「ただし！」

リィは厳しい声で、熱《いき》り立つ顔ぶれに念を入れた。

「下手に手出しをすると、おれたちが逆に怒られる。だから、いいな？　迎えに行くだけだぞ」

「リィ⁉」

ジャスミンとシェラが解《げ》しかねる顔で叫んだが、金の天使はこの条件を絶対に譲ろうとしなかった。

8

　繁華街を外れた住宅街、通りから見にくい位置に瀟洒《しょうしゃ》な構えの料理店がある。

　昼の営業はしていない。夕方からの開店だ。

　立地は悪いが、広い地下駐車場があり、店に入るところを人に見られずにすむという利点があるので、政財界の人間も愛用している隠れた名店だった。

　今日はこの店の定休日にあたる。

　そもそもこの店では営業日でも昼間から火が入ることはないのだが、今、厨房《ちゅうぼう》には熱気がある。

　店内では給仕が四人がかりで、テーブルクロスを広げて花を飾り、客を迎える準備を整えている。

　店の真ん中に特別にしつらえられたのは恐ろしく巨大なテーブルだった。

　もともとの四人掛けのテーブルを六台も合わせて、立食形式の晩餐会《ばんさんかい》で用いられるような大きさにして、四隅に花を飾っているのである。

　そこまでしながらその巨大なテーブルには椅子も食器も添えられていなかった。

　これは食卓ではない。料理を——正確には食材を載せて披露《ひろう》するための台なのだ。

　その証拠に台の手前を見れば、通常の四人掛けの食卓がきちんと整えられている。

　普段のこの店にはこんなものはない。

　他にも通常の営業とは異なる点がいくつかあった。

　昼間に窓が閉まっているのはいつものことだが、さらにカーテンを閉め、そのカーテンにぴったりと添うように大きな衝立《ついたて》を隙間なく置いてある。

　間違っても外から店内の様子が見えないように、そして中の物音が外に洩れないようにだ。

　黒服の給仕たちがここまでの支度を整えたのだが、その給仕たちに指示を出している男が一人いた。

なかなか風采《ふうさい》の立派な四十年配の男である。

給仕と同じく黒服に身を包んでいるが、料理店の支配人には見えなかった。口調や物腰を見る限り、よく訓練された執事のような雰囲気だ。

そこへ白衣の男がやってきた。

これも料理人というより医者の臭いをさせている、休日の料理店には不釣り合いな男だった。

執事が尋ねる。

「どうだ?」

「大丈夫です」

質問が短ければ答えも至って簡素である。

だが、執事はその答えを聞いて、大仰なくらいの安堵《あんど》の表情を見せた。

「それはよかった。今度は前の時のようにいよいよという段階でお引き取りを願うわけにいかんからな。——あの時はまったく肝《きも》を冷やしたぞ」

白衣の男も心なしか青ざめているようだった。

「これぱかりは外見の観察だけではわかりかねます。実際に調べてみなくては——。ですが、今度は必ず満足していただけるはずです」

「そう願いたいな。あの方々が同じ場所にたびたびお見えになるのは好ましからぬことだ」

程なくして店内の準備はすっかり調い、後は客の到着を待つばかりになった。

その客は時間通りにやってきた。

真昼の住宅地には不似合いな高級車が四台、ほぼ同時に別々の方向から現れて、地下駐車場に静かにすべり込んだのである。

その四台の車の中から降りてきたのは紛《まぎ》れもない、ダイアナが調べ上げた四人の老人だった。

最後に取られた写真から十年以上が過ぎているが、全員、至って健康そうな姿である。

百二歳のドーセットでさえ、杖こそ使っているが、自分の足で歩いている。

ゆっくりと店内に向かいながら、一見したところ好々爺《こうこうや》のウッドストーンが呟《つぶや》いた。

「こんな二度手間は久しぶりじゃな」

ドーセットは最後の写真に映っていた頰髭《ほおひげ》を今は落としていた。苦々しい口調で言う。

「まったく、昨今の若い娘は乱れておるからのう」

グランヴィルは老いてもなお未だに大きな身体を楽しげに揺すっている。

「まあ、よいわ。これでまた寿命が延びる」

マクマハン教授もちょこちょこと足を進めながら、赤い唇で舌なめずりしている。

「さよう。前の時より遥《はる》かに上物というではないか。これこそ怪我の功名というものじゃ」

執事の男は入口で恭《うやうや》しく四人を迎え、給仕たちが席まで案内した。

老人たちが席に着くのを待ちかまえていたように、まるで戸板のような巨大なワゴンが運ばれてきた。

「こちらが本日の主菜でございます」

上に乗せられていたのは衣服をすべて脱がされた黒髪の少女だった。

青い眼は天井を見つめていたが、ぼんやりとして、焦点《しょうてん》が合っていない。半ば意識がないようだった。

今の自分がどんな姿なのかも自覚していない。

四人の給仕たちがワゴンの天板部分を持ち上げて、少女の身体ごと花で飾られた台の上に乗せた。

こうすることで、食卓に着いている老人たちにも、少女の姿がよく見えるようになる。

すらりと伸びた肢体と、若々しい白い肌が明るい照明に照り輝いている。

「ほう……これは……」

「なるほど。美しいのう……」

四人とも、余すところなく晒《さら》された少女の肉体に熱心な視線を注《そそ》いでいるが、その目つきは色めいたものとは程遠かった。

むしろ、少女の若さを、その肉体の発達の具合を、じっくりと見極めるような視線だった。

四人を代表してドーセットが訊く。

「この娘にはどんな才があるのじゃ？」

「天使のような声で歌うとのことです。ツァイスのスレイン・ハサウェイ教授は声楽の世界では少しは名を知られた人物ですが、その教授が十年に一人の逸材だと太鼓判《たいこばん》を捺《お》したとか……」

「ほほう」

「結構なことじゃ」

「うむ。近頃、喉《のど》の調子があまりよくないのでな。それで――？」

「あのほうはどうなのじゃ？」

執事は満面に笑みを浮かべて一礼した。

「ご安心ください。この娘は紛れもなく処女です」

四人は安堵の息を吐いて、食卓に座り直した。

「前回は肝を冷やしたぞ」

「まったく。危うく、とんでもない汚《けが》れを口にするところじゃったわ」

「くわばら、くわばら」

「全寮制女子校の生徒と言えど安心できんとはのう。困った世の中になったもんじゃよ」


客へのお披露目《ひろめ》が終わったので、給仕たちは再び少女の身体を巨大なワゴンの上に戻した。

そこに白衣の男が別のワゴンを押して現れた。上にずらりと並んでいるのは肉切り包丁ではなく、医療用の刃物である。

さらにもう一人、白衣の男が一緒だった。

この『主菜』は客の眼の前で捌《さば》くのが通例だった。この場で乳房と子宮を切除し、そのまま調理場へ運んで調理するという趣向なのである。

さらには料理が運ばれてきて食事が終わるまで、部位を取り除かれた『主菜』は止血をして生かしておかなくてはならない。そのために花を飾った台をわざわざ用意してあるのである。

この老人たちは、食材の元の持ち主を眺《なが》めながら、供された料理を咀嚼《そしゃく》することで、その命をすべて吸収したという満足感を味わおうとしているのだ。

白衣の男は、年に一度、男を知らない少女の肉を食《しょく》すことで寿命が延びるという老人たちの信念に賛同しているわけではない。むしろ馬鹿げていると思っていたし、内心では軽蔑もしていたが、絶大な権力を有する老人たちに逆らう気は毛頭なかったし、それ以上に報酬が魅力的だった。

その男が手を消毒して外科用の手袋を嵌《は》めるのを、少女は虚《うつ》ろな眼で見ていたが、不意に口を動かして、感情のない言葉を発した。

「ミシェルの時も、メールに細工したの……？」

傍《そば》に控えていた執事が意外そうな顔になった。

この『主菜』に麻酔薬は使っていない。

薬を使ったのでは食用に適さなくなるからだ。

局部的な電気麻酔で神経を麻痺《まひ》させているので、運動能力は麻痺しているし、痛覚も失われているが、意識はかろうじて残っている。

今までの『主菜』の中には、最後までうわごとで両親を呼んでいた少女もいたくらいだ。それでも、ここまではっきりした言葉を話すのは珍しかった。

執事はいっそ優しいと言えるような声で、少女の質問に答えたのである。

「そのとおり。買い物の後にちょっとつきあってと、仲のいい生徒の名前でメールを出したんだよ」

「昨日、ヴィクターからもらったメールは……」

「あれはわたしたちからの招待状だよ。――大丈夫、きれいに消してあるからね。きみが送った二度目のメールもヴィクターの所には届いていないんだ」

「そうだったの……」

顔を覆《おお》い、支度を調えた男がワゴンの上の刃物を取りあげて進み出ると、明らかに外科医の手つきで、無防備に横たわった少女の下腹部に刃先を当てた。

今まで何度もやってきたことだ。

何の躊躇《ためら》いもなく白い肌を切り裂こうとしたが、できなかった。

少女の手が外科医の手首を強く摑《つか》んだからだ。

「な……？」

動けないはずじゃないのかと呆気にとられた隙に、少女の手はその刃物を医者の手から奪い取り、医者自身の喉元に深々と突き刺していたのである。

悲鳴も上げずに医者が倒れる。

もう一人の白衣の男が仰天して立ちつくし、その眼の前で全裸の少女はゆっくりと身体を起こした。

「ば——馬鹿な!」

白衣の男が悲鳴を上げる。

麻酔の効果は実証済みだ。

指一本動かせないはずなのだ。

この白衣の男がどうやら麻酔技師だったようで、慌ててワゴンの下から機材を取り出そうとしたが、しゃがんで立ち上がったその額《ひたい》の真ん中に、またも刃物が突き刺さった。

この男もその一撃で命を奪われた。

小さなワゴンの医療用の刃物は、いつの間にか、すべて少女の手の中にあった。

紙飛行機を飛ばすような気安さで、少女がひょいひょいと残りの刃物を投じると、それは食卓の脇で茫然《ぼうぜん》としていた給仕たちの額に吸い込まれるように、次々に命中したのである。

全員が驚愕《きょうがく》に眼を丸くした状態のまま、ものも言わずにその場に倒れた。

即死だった。

あまりにも鮮やかな、あまりにも見事な、そして何ともあっけない殺人劇だった。店内にはたちまち六個もの死体が転がったのである。

四人の老人は椅子に座ったままだった。

極限まで眼を丸くして、呆気にとられていた。

年寄りの大きな特徴は反応速度が鈍いことである。眼の前で何が起きたのか理解できなかったのだが、それは老人たちだけではない。

まだ四十代の執事も絶句して動けなかった。

状況を整理すると、身動きできないはずの少女が自由を取り戻し、外科用の刃物を掴んだかと思うと、自分を料理するはずだった医者二人を返り討ちにし、四人の給仕まで立て続けに殺害したことになる。

ありえなかった。こんなことは絶対にだ。

刃物を投げ尽くしてしまうと、少女は素裸のまま、不満そうに顔をしかめた。

「腕の悪いお医者さんね。どうしてこんなに刃物が必要なの？　一本で充分なのに」

麻酔が効いているはずなのに、ワゴンから降りて平然と立ち上がる。

さっきまでぼんやりと虚ろだった瞳《ひとみ》が、青い炎を宿した宝石のように煌《きら》めいて執事を直視した。

「あなたにも死んでもらわないといけないみたいね。アドルフ・エッカーマンさん。――それともロン・ボイドさんかしら？」

二つの名前で呼ばれた執事がぎょっとする。

その両方の名前を知っている人間は共和宇宙中を探しても十人といないはずだった。

老人たちもやっと我に返ったが、九十歳を遥かに越える年齢では機敏には動けない。

だが、この歳になるまで権力の頂点しか知らない老人たちが真っ先に感じたのは恐怖ではなかった。

激しい苛立《いらだ》ちであり、憤《いきどお》りだった。

「こ、これは何たることじゃ！」

「誰かおらぬか！」

厨房には他にも人がいた。

肉切り包丁を持って駆けつけてきた二人は正しく調理係だった。しかし、自分たちが料理する食材が何なのかを知っていて包丁を振るっていたのだから、どのみちまともな料理人であるわけがない。

さらに地下駐車場からも、『呼び出し』を受けた老人たちのお供が続々と駆け上がってきた。

全部で七人いた。表向きは秘書という肩書きだが、そんなおとなしいものではない。どう見ても軍体験それも特殊部隊の経験を持つ屈強な男たちだ。

うち二人は少女を拉致《らち》した犯人でもある。

音を立てない銃器を構え、隙のない身のこなしで次々に店内に駆け込んで来た。

「早く取り押さえろ！」

「傷をつけてはならんぞ！」

老人たちの怨嗟《えんさ》の声を浴びた少女は、身体を隠すものは何一つないにも拘《かかわ》らず、自らの裸体を堂々と晒して悠然《ゆうぜん》と立っていた。

殺気立った男たちが、さすがに一瞬面食らった。

眩《まぶ》しいくらいの少女の姿と、店内に転がっている死体を結びつけることができなかったのだ。

その一瞬で充分だった。

少女の形をした黒い天使が死の鎌を振るうには、充分すぎる時間だった。

少女を乗せてきた巨大なワゴンが宙を飛ぶ。

視界を遮《さえぎ》られた七人の男たちは反射的にワゴンを撃ちまくったが、黒い天使はそこにはいなかった。

人の身体には不可能な動きで天井まで飛び上がり、その天井を蹴って男たちの眼の前に着地する。

ただ飛び降りたわけではない。一人の手から銃を奪い取っている。着地したと見るや床を横に飛び、死角となる下から銃を連射する。

勝負はあっという間についた。

裸の少女が気怠《けだる》げに立ち上がった時には、秘書の七人、料理人の二人、すべて絶命していたのである。

少女の白い肌には傷一つない。

エッカーマンと呼ばれた男が悲鳴を上げた。

見れば腰が抜けている。本能的な恐怖に駆られて這《は》いずって逃げようとしたが、少女はその背中をも無慈悲に撃ち抜いたのである。

これで残っているのは四人の老人だけになった。

四人とも、さすがに顔色が変わっている。

数分と経っていないのに、店内には実に十四もの死体が転がり、濃厚に『死』が満ちている。

権力を握って長い彼らは物事が自分の思い通りに運ばないことに慣れていなかった。まな板に載せた獲物にここまで露骨《ろこつ》に抵抗されたのも初めてだ。

よほど癇癪《かんしゃく》を起こして喚《わめ》きたかったが、彼らが一声発すれば、その意を汲んですぐさま行動に移る下僕はみんな死んで動かなくなっている。

傲慢《ごうまん》で癇癪持ちではあっても、老人たちの知能は決して低いものではなかった。これは本当に現実か、自分たちの眼の前でいったい何が起きたというのか、答えを探してめまぐるしく頭を働かせていた。

それでも動きを起こそうとしなかったのは少女の手に銃があったからだ。

少女はその銃を無造作に投げ捨てると、青い眼を老人たちに向けたのである。

「女の子たちを生きたまま食べたの？」

その顔に浮かんでいるのは憤りではなく、むしろ軽蔑にも似た憐憫《れんびん》の表情だった。

「滑稽《こっけい》だわね、あなたたち。揃《そろ》いも揃って無様だわ。効果がないことくらいわかっているでしょうに」

「………」

「ミシェルを放棄したのはあの子が処女ではなかったから。そんな『汚れ』は口にできないですって？　ずいぶん呆れた傲慢な理由だけど……」

少女の赤い唇がゆっくりと微笑をつくった。

「おかげで、助かったわ」

「………」

「あなたたちがミシェルを捨ててくれたおかげで、あたしは一年待たずにすんだ。一人ずつに挨拶《あいさつ》して回るのは面倒だと思っていたところなのよ。今日のこの日なら間違いなくあなたたち全員が揃うものね。招待してくれて本当にありがとう——助かったわ」

全裸で礼を言う少女は嫣然《えんぜん》と微笑んでいる。

その顔は美しい。美しすぎて、むしろ恐ろしい。

老人たちは初めて恐怖を感じて後ずさった。

「お、おまえは……」

「おのれは……何者じゃ⁉」

少女は今度こそおもしろそうな笑い声を上げた。

「忘れちゃったなんてひどいわ。あたしの頭の中を引っ掻《か》き回して、抜け殻《がら》になったあたしの身体を、あの子と戦わせたくせに」

そこまで言われても咄嗟《とっさ》には思い出せなかった。

年は取っても記憶力も理解力も人一倍優れている老人たちである。その彼らにして、何を言われたか一瞬わからなかった。

　ましてこれほど美しい少女である。

　一度でも見ていれば忘れるはずはないのだ。

　抜けるような雪白の肌。

　宝石のように輝く青い瞳。

　その肌を艶《なま》めかしく彩る漆黒《しっこく》の髪。

　記憶の連鎖反応が起きたのは同時だった。

　四人は奇しくもいっせいに悲鳴を上げたのである。

「まさか……⁉」

「おまえは……黒い天使か⁉」

「こ、これは……その姿は何たることじゃ！」

「人の世では魔術は使ってはならぬはずじゃぞ！」

　少女はくすくす笑っている。

「いやねえ、おじいさんたち。外側の身体はただの容器《いれもの》よ。服を着替えただけなのに魔術だなんだって大げさなことを言われるのは理屈に合わないわ」

　そんなふざけた理屈があってたまるか！

　許されるものならよほど叫びたかっただろうが、老人たちにはまだ『隠し球《だま》』があった。

　地下駐車場からもう一人、男が現れたのだ。

　さっきの男たちとは明らかに様子が違う。手足の短い、ずんぐりした小男だった。特に身体を鍛《きた》えているようにも見えなかったが、老人たちはその男に向かって叫んだのである。

「この娘をおとなしくさせるんじゃ！」

　正体を知っていながら思わず『娘』と言ったのは、やはりその外見のせいだろう。

　頷《うなず》いた男は少女の裸体に惑わされたりしなかった。

　武器を取り出そうともせず、ただ、無言で少女に視線を集中した。

　男の眼が凝った光を湛《たた》えて異様に輝き始める。

　その視線を受け止めた少女の顔が訝《いぶか》しげなものに変化していったかと思うと、初めてたじろいだ。

　息を飲み、一歩後ずさる。少女は両手で頭を抱え、激しく首を振った。

「やめて……！　入ってこないで！」

苦しそうに顔を歪《ゆが》めて後ずさる少女とは対照的に男は身を乗り出し、ますます眼を光らせる。

通常人には何が行われているかわからない戦いは明らかに男が優勢だった。

その事実に力を得た老人たちも余裕綽々《しゃくしゃく》の態度で言ったのである。

「逃《のが》してはならんぞ、ワイズマン。大事な獲物じゃ。そやつをおまえの操り人形にしてしまえ」

「そうとも。今度こそしくじりは許さん。そやつの能力を自在に引き出して使えるようにするのじゃ」

それはつまり、以前にも試したことがあるという意味に他ならない。その時のことを思い出したのか、マクマハンがドーセットに非難の眼を向けた。

「何たることじゃ。こうも簡単に絡め取れるなら、最初からこうすればよかったではないか」

元連邦議員のドーセットは忌々しそうな顔だった。

「ふむ……確かに、ラー一族というものを少々過大評価していたかもしれんな。あれは常識では計れぬものだとさんざん聞かされたのじゃが……」

「こんなことなら最初からワイズマンにやらせればよかったのじゃ。そうすれば我らは《ネレウス》を失うことはなかったのじゃぞ」

不満そうなマクマハンにウッドストーンが慎重な口調で異を唱えた。

「いや、忘れてはならんぞ。前頭葉を破壊した後の身体のほうが操るには都合がよかろうと思ったのは確かじゃ。しかし、あの状態ではワイズマンの精神操作を持ってしても、こやつの力を引き出すことはできなかったのじゃからな」

グランヴィルが大きな身体を揺すって笑った。

「まあよい。今この場で捕らえることができたのだ。まさに願ったりかなったりではないか。黒い天使よ、今度こそ、おまえは我らのものじゃ。永久に我々に奉仕させてやる」

老人たちの言葉にせき立てられた男はますます『出力』を上げて少女に襲いかかった。

男が一歩近づくたびに、眼には見えない力が凄《すご》い勢いで少女の心を縛り上げて支配しようとする。

防戦一方の少女は両手できつく頭を抱え、懸命に攻撃に耐えながら苦しげに喘《あえ》いだ。

「ミシェルを追い込んだのは……あなたね？」

ワイズマンと呼ばれた男が低く笑って答える。

「そうだ。俺がやった」

「あ、あなた……ミシェルの心を破壊したの？」

「そんなことはしていない。外は恐いところだから二度と出て来るなと脅かして、意識の殻の奥に追い込んでやったのさ」

「それなら……その殻の中には、正気のミシェルの心が生きているのね？」

「一生、自力で外に出てくることはないだろうがな。そんなことを聞いてどうする？　おまえはこれから俺の操り人形になるんだ」

歩み寄ったワイズマンは両手で少女の手首を摑み、これで仕上げとばかりに力のすべてを注ぎ込んだが、少女は今までの苦しげな表情を嘘《うそ》のように消して、にっこり笑ったのである。

「あら、そう？」

その笑顔を向けられたワイズマンは声にならない悲鳴を上げてのけぞった。

それだけではない。顔からいっさいの表情が消え、白く光っていた眼がどんよりと虚ろに濁《にご》り、少女の手首を摑んでいた両手がだらりと落ちた。

まるで発条《ぜんまい》仕掛けの人形が壊れてしまったような感があった。棒立ちになって、ぴくりとも動かない。

そんなワイズマンをからかうように少女は言った。

「あなたがここにいてくれて、ますます助かったわ。――あたしの声が聞こえるかしら？」

表情を失ったワイズマンが、のろのろと首を縦に振るのを見て、老人たちは再び絶叫した。

「貴様！　何をした！」

「魔術は使えぬはずではないのか⁉」

「もちろん、使っていないわよ。あなたたちの言う通り、人の世で魔法なんか使えない。仲間の決めた決まりはちゃんと守らないといけませんからね」

少女は大人ぶった口調で一人で頷いている。

「あたしはただ、本来の意識を解放しただけ。心性《こころ》防壁を解除して、ありのままのあたしの精神をこの人に見せてあげただけよ」

老人たちは呆気にとられた。

「な、なんじゃと……?」

「馬鹿な！　それだけでワイズマンが――」

「それで充分よ。――通常の電圧で動いている家電製品に高圧電流を流し込んだらどうなると思う?」

圧倒的な力量《エネルギー》の差に耐えられず、一瞬で壊れる。それと同じことが起きたのだ。

突然変異と言われ、超常能力者と言われていても、それはあくまで人間《ひと》の中での話だ。

何もせずにその精神攻撃を撃退したという少女は、喉の奥で低く笑っていた。

「人間の能力者があたしの精神に接触しようなんて、まして支配しようなんてちゃんちゃらおかしいわ。あたしの裸の心に触れても平気でいられる人間はね――たった一人だけよ」

共和宇宙を傘下《さんか》に収めたと豪語する老人たちは、ようやく眼の前にある現実の片鱗《へんりん》を理解した。

これは人間ではない。

人の姿をしていても、人の言葉を話していても、決定的に違うものなのだと――違う存在なのだと、朧気《おぼろげ》ながら理解した。

表情を失ったワイズマンに少女は言った。

「それじゃ、中継をお願いするわ。同じものをこのおじいさんたちにプレゼントしてあげるから」

木偶《でく》人形と化したワイズマンが少女の命令に唯々《いい》諾々《だくだく》と従って、老人たちに力を集中し始める。

「よせ！　よさんか！」

「やめろ！　ワイズマン！」

「これを忘れたか！」

四人が慌ただしく懐《ふところ》から取り出したのは小型の

遠隔制御装置だった。

この老人たちが超常能力者のワイズマンを、何の枷《かせ》も掛けない状態で傍に置くわけがない。

もしワイズマンが自分たちに刃向かったら、その時はワイズマン自身の脳を焼き切れるように保険を掛けておいたのだ。

だが、少女は四人が装置を掴み出したのを見ると、風のような速さで動き、白い手を伸ばしてたちまち全部取り上げてしまった。

「おいたはだめよ、おじいさんたち」

小さな子どもに言い聞かせるような口調である。

実際、今の彼らはただの無力な老人だった。

これまで何度も実験してきたワイズマンの能力を、その効果を、彼らは今、自らの心でいやというほど味わう羽目になっていた。

頭の中に何かがぞわりと入り込んでくる。

逃げようにも手足は縛られたように動かない。

それは彼らが生まれて初めて味わう戦慄《せんりつ》だった。

単純に恐怖という言葉では括《くく》れない、そのくらい得体の知れない感覚だった。

肉体的には極めて脆い老人たちは、いとも簡単にその威力に屈した。到底立っていることはできずに膝《ひざ》を折り、威厳も権威も投げ捨てて這い蹲《つくば》った。

どんなに必死に抵抗しても、追い払おうとしても、精神を蝕《むしば》む黒い力のほうが遥かに強い。

見えないその力はどんどん自分たちの心に侵入し、意識を食い尽くし、明瞭な部分を黒に染め変えて、息もできないようにじわじわと塗り固めていく。

老人たちは顔中を涙でぐしゃぐしゃにしながら、裸の少女を見上げて命乞いをした。

「た、助けてくれ……！」

「殺さんでくれぇ……！」

「もちろんよ。殺したりなんかしないわ」

哀れな老人たちの訴えに、少女の形をした悪魔はこの上なく優しく、そして美しく微笑んだ。

「あなたたちがあたしにしたように、ちょっと脳を破壊するだけよ」

ケリーとジャスミン、リィとシェラを乗せた車がそこに着いた時、太陽はまだ中天にあった。

通りの端から端まで、立派な庭を持つ高級住宅がずらりと並んでいる。

その通りの反対側に設けられた大きな公園では、子どもたちが楽しそうに声を上げて遊んでいる。

ベンチでは奥さんたちがおしゃべりに花を咲かせ、通りの向こうからは犬を連れた老人がやってくる。

のどかな休日の昼下がりだった。

平和な光景に毒気を抜かれそうになりながらも、ジャスミンは眼の前の家に険《けわ》しい眼を向けた。

「本当にここか？」

通りの角に建つその家だけは、他の家とちょっと様子が違っていた。

他の家の庭には背の高い木はほとんどなく、家の全景が見えるようになっているのに、この家だけは手入れの行き届いた木立にこんもりと覆われている。

入口も通りからずいぶん奥まったところにあり、その軒下に小さく料理店の看板が掛かっている。

ケリーが言った。

「ダイアンの調べでは、ウッドストーンの孫会社の一つが資金を出して、ここに出店したのが五年前だ。今は全然無関係な人間に貸している。つまり実際にここで働いてる人間は何も知らんわけだ」

「本当か？」

「連中が必要としてたのは『場所』だけなんだろう。あの占いなら数年先の予定も計算できる。そんなに前から準備をしてたわけだ」

「何とも用意周到なことだな。――まあいい。後は実際に行ってみればわかることだ」

「だめだ、ジャスミン」

勇み立って車から降りようとした赤い髪の女王に、金の戦士の厳しい制止が掛かった。

「女の人にこんなことは言いたくないし、したくもないけど、どうしても中に突撃するっていうんなら、腕ずくで止めるぞ」

身長で三十センチ、体重で四十キロは勝《まさ》っている相手に言う台詞《せりふ》ではないが、リィは真面目だった。

ジャスミンも座席に身体を戻すと、片手で簡単に捻りつぶせそうな小さな少年に向かって、恐ろしく真面目な顔で尋ねた。

「そこまでして突入を止める理由は何だ？」

「おれの勘。——今はだめだ。邪魔しちゃいけない。ルーファは時々、見境がなくなるからな。あんなに怒っている時に近づくのは危ないんだよ」

「………」

「助太刀《すけだち》に行って、問答無用で攻撃されたんじゃあ、眼も当てられないだろうが。——言っておくけど、かばいきれる自信はないぞ」

シェラがぞっとした顔になって後ずさった。

そうなった時の黒い天使の凄《すさ》まじさを知っているケリーも苦い顔で言う。

「おまえの見分けもつかないほど怒ってるのか？」

「どうかな？　わからないけど……」

この少年には珍しくはっきりしない言葉だった。

「そうだとしても、ルーファの攻撃なら、おれには効かない。おれがルーファを斬ろうとしても、本来どうしてもできないのと同じことだから」

シェラが驚いて口を挟んだ。

「ですけど、リィ。この間あなたは……」

「あれはただの抜け殻だろう？　一緒にはできない。ああいうのだったらいくらでも斬れるけど、中身が入っていたら、やっぱり抵抗があっただろうな」

平然と言われて、思わず絶句する。

シェラにとって肉体はどこまでも肉体だ。

精神と切り離して考えることはできないものだ。

この人も同じく生身を持つものであるはずなのに、あの黒い天使のことだけは、徹底的に身体と精神を分けて考えているらしい。

リィは木立に覆われた家を眺め、複雑な顔つきで話を戻した。

「――だから、おれは平気なんだ。入ろうと思えば、できないことはないんだけど……」

「やりたくないんだな？」

「よくわかってるじゃないか。さすがに年の功だ。今のおれたちにできるのは待つことだけだよ」

シェラもため息を吐いて座席に座り直した。

この顔ぶれの中では、実は一番、待つのを苦手としているのがリィである。

軍隊経験のあるジャスミンとケリーは待機任務と思えばいくらでもじっと動かずにいられる。

それはシェラも同じことだ。

リィにはそうした習慣がない。持久戦は得意でも、自分が動かずに人に戦わせるのは苦手な人だ。

そのリィが待つというのなら従うしかなかったが、幸い、それほど待たずにすんだ。

この店には地下駐車場があるが、その扉が開き、中から車が四台、静かに出てきたのだ。

どれも恐ろしく立派な高級車だった。外から中の様子が見えないように窓には加工が施されている。

しかし、ケリーの眼ならそんな細工は意味がない。

一瞬で車内の様子を見ることができるが、機械の右眼が捉えたのは何とも奇妙な光景だった。

思わず微調整して見直したくらいだ。

「どの車も自動操縦で動いてるな。乗っているのは――老人が一人に、死体が三つ？　四つか？」

「死体？　車に死体が乗ってるのか？」

「ああ。四台合わせると十五体にもなるぜ」

「あっちの店の中はどうなんだ？」

「女王。あんた俺があの天使にずたずたにされてもかまわないってのか？」

怪獣夫婦が真面目にそんなやり取りをしていると、休業のはずの店の扉が中から開いた。

そこから出てきた黒髪の少女はきちんと扉を閉め、ごく普通の足取りで通りまでやって来たのである。

「あら？」

薄紫のワンピースに白いボレロの少女はいつにも増して可愛らしかった。そこにいた顔ぶれを認めて、おもしろそうに笑いかけてくる。

「お揃いで、恐い顔して、どうしたの？」

リィも肩をすくめて笑った。

「みんな、迎えに行くって言って聞かないからさ。ここで待ってた」

「ずいぶん待たせちゃった？」

「いいや、ほんの十分くらいかな」

「それなら、よかった」

後部座席にいたリィとシェラは少し空間を詰めて、少女のために場所を空けてやった。

するりと乗り込んできて自分の隣に座った少女に、リィは無造作に顔を寄せた。

検分するようにしきりと肌の臭いを嗅《か》いでいたが、顔をしかめた。

「ちょっと生臭いぞ」

「そう？　血は触らなかったけど、移り香かしらね。

——それじゃあ、もうじきここから火が出るから、騒ぎになる前に帰りましょうか」

この程度で驚いていては、とてもこの黒い天使とつきあっていられない。

ジャスミンは大きな肩をすくめ、シェラはそっと困ったような微笑を洩らし、ケリーは苦笑して車を始動させたが、一応、念を入れた。

「家の中は空っぽなんだな？」

「もちろん。今日は定休日だもの。誰もいないわ」


その夜。地元ではちょっと有名な料理店から火が出て全焼したという小さな事件が報道された。

休日で誰もいなかった店内から何故火が出たのか、警察は放火の可能性もあるとして調査中だという。

とは言え、延焼もせず、死傷者も出ていない。

大きな事件として本格的に取り上げられることはなさそうだった。

そのささやかな報道が地上を賑《にぎ》わせたのと同じ頃。

遥か上空の衛星軌道上にあるツァイス宇宙港でも、ちょっとした騒ぎが起きていた。

今日入港したばかりの宇宙船が四隻、いっせいに出港したのである。

急な出港自体は別に珍しくないが、この四隻には共通点があった。ツァイスの上層部に話をつけて、正規の手続きを経ずに入港したことだ。

船籍も船主もばらばらだが、民間船にも拘らず、一国の元首か大使にも等しい扱いを、当然のように宇宙港側に要求したのである。

入国審査を担当する監査官は、その船内に一歩も立ち入ることができなかったのだ。

実は一ヶ月前にも、これと同じことがあった。

もちろん現場の係官たちは、こんな特例を認めていいのかと上司に食ってかかったが、その上司にも絶対に逆らえない圧力が掛かっていたようで、結局、入国審査も上陸検査も抜きに搭載艇が降下するのを、黙認しなくてはならなかったのである。

それだけでも忌々しかったのに、一ヶ月が過ぎて、その四隻は再びやってきた。

またも現場を無視して強引に入港し、入国審査を受けずに堂々と搭載艇を地上に降ろしたのだ。

ここまでは前回と同じだが、その搭載艇が戻って来てからどうも様子がおかしい。

四隻とも出国審査は省略してただちに出港すると、本船の出港を最優先させろと異口同音に言ってきた。

単に急いでいるのとは違う。

四隻とも明らかに何か異常事態が発生したようで、まるで先を競うように、ツァイスから逃げるように、慌ただしく出港していったのである。

尻に帆を掛けるとはまさにこのことだ。

地上で何があったか知らないが、今度こそ二度と戻って来るなと管制官たちは思った。

9

月曜の放課後。

聖ソフィア学園の校舎の一室に生徒が集まって、ささやかなお別れ会を開いていた。

アルシンダ・クェンティは地元の政局が急変して、シェリル・マクビィは母親の病状が再び悪化して、転入したばかりの学校を辞めることになったのだ。

せっかく友達になれたのに、こんなに早く別れが来るなんてと、聖ソフィアの少女たちは悲しんだ。

特にウェザービー・ハウスの監督生ディアーヌは、心配そうに言ったものだ。

「差し出がましいことかもしれないけれど、お国に戻るのは却って危ないような気がするわ。あなたはここにいたほうが安全ではないの？」

ルウは悲しげに首を振った。

「ええ、わたくしも本当にそうしたいのだけれど、だめなの。他の皆さんに迷惑が掛かってしまうのよ。父が言うには、わたくしにもとうとう警備が必要になってしまったのですって。まさか、護衛と一緒に授業を受けることはできないし、わたくしを狙って学校や他の生徒が攻撃されるようにことになったら、それこそ取り返しがつかなくなってしまうもの」

ディアーヌは何とも言えない顔でルウを見つめ、両手でしっかりと抱きしめて別れの挨拶《あいさつ》にした。

「お元気でね」

「ええ」

ルウは他の寮の生徒とも一人一人抱き合った。

別れを惜しんだのは生徒だけではない。

優秀な生徒を失う声楽主任のストリングス教師もルウが学校を去ることを悲しみ、無念がった。

「ハサウェイ教授もどれだけがっかりなさることか。わたしもあなたに期待していただけに残念です」

「ありがとうございます、ですけど、どこにいても歌は歌えます。わたくしは歌うことが好きですし、やめるつもりもありませんから」

「心からそう願っていますよ」

一方、シェラもその美貌《びぼう》と性質の良さですっかり生徒たちの人気者になっていたから、シェラと同室だったカトリンなどはいまにも泣き出しそうだった。

しかも、この二人だけではない。

窓辺の君《きみ》として有名だったオーブリー・ハウスのグレース・ドーン・キャヴェンティまでが、家庭の事情で退学することになったのである。

普通、学校を去る生徒とのお別れ会はそれぞれの寮ごとに行われるが、今回は一度に三人だ。

その三人が顔見知りということもあって、合同のお別れ会になったのである。

グレースも聖ソフィアの人気者だ。友達も多く、誰からも愛されていた生徒である。

オーブリー・ハウスの寮生はみんなグレースとの別れを惜しみ、中でもグレースと同室だった生徒はディアーヌがルウにしたようにグレースをしっかり抱きしめて泣きじゃくっていた。

「あれでばれないんだから、すごいわ……」

ルウの呟《つぶや》きは幸い生徒には聞こえなかったらしい。

シェラが聞き取って苦笑しただけだ。

迎えが来る時間が迫ると、生徒たちに見送られて三人は校舎を出た。

みんなは車に乗るまで見送ると申し出てくれたが、三人ともそれを丁重に辞退したのである。

その校舎から迎えの車が待っている停車場までは、歩いても二分ほどだ。

三人だけで広い敷地を歩く。その短い間にルウはグレースに話し掛けた。

「あなたはミシェルの心を傷つけたりしていないわ。むしろ、彼女を救ったのよ」

グレースが驚きに眼を見張ってルウを見た。

その眼は激しい疑問を浮かべている。

「意味はわからないでしょうね。わからなくていい。それでも、これだけは確かよ。あなたはミシェルを救ったの。もちろんそれは偶然に過ぎなかったけど、結果的に、あなたのしたことのおかげでミシェルは死なずにすんだのよ」

　グレースはますます理解に苦しむ顔になった。

「……あなたはいったい、何を言ってるの?」

「だから、わからなくていいのよ。それよりあなた、このままミシェルを失っても平気なの?」

　とたんにグレースの顔が曇る。

「平気なわけがないでしょう。だけど、わたくしに何ができると思うの?」

「もう一度、ミシェルに会いに行きなさいな」

「…………」

「大切な人なら、戻ってきて欲しいのなら、もっと声に出して呼びなさいな。前にお見舞いに行った時、あなたはほとんど彼女に話し掛けずに、逃げ帰ってきたんでしょう」

　これにはグレースも気色《けしき》ばんで言い返した。

「呼んだわ!　いくら呼んでもミシェルは……!」

「だから、諦めないでもう一度やってごらんなさい。今度はうまくいくかもしれないから」

　黒髪の少女は背の高いグレースの顔を見上げて、母親のように優しく微笑んでいた。

　その豊かな愛情はグレースにも理解できたらしい。同時に、この少女が何故そんなことを勧めるのか、納得できなかったらしい。

　停車場で足を止めると、グレースは真剣な表情でまじまじとルウを見下ろした。

　謎の答えを求める視線だった。

　ルウは今日もきれいに巻いているグレースの髪を一房すくいあげると、その髪に唇で触れた。

　驚くグレースを見上げて微笑する。

「あなたは知らないことだし、あくまで偶然だけど、あたしはあなたたちに助けてもらったの。だから、今度はあたしがあなたたちを助けるわ。ミシェルを失いたくなければ、もう一度、会いに行きなさい」

念を押して、ルウは迎えの車に乗り込んだ。

グレースは呆気にとられてシェラを見た。

シェラも肩をすくめて自分の車に乗り込んだが、振り返ってちょっと悪戯《いたずら》っぽく笑ってみせた。

「あの人の忠告に耳を傾けても損はありませんよ」


同じ頃、聖トマスでも学校を去る生徒がいた。

ヴィクター・リィ・モンドリアンである。

ずいぶん急な話だった。転校してきたばかりだというのに、息子が家からいなくなると、実の母親は心配でたまらなくなったらしい。

義理の父親もやはり家に戻って来いと言い出して、結局、少年は退学することになったのだ。

「この家から出て行けと言ったかと思えば、今度は帰って来いだもんな。——まったくいやになるよ。子どもなんて親の勝手でいいように振り回されてるだけなんだから。早く保護者なんか必要ないくらい大きくなりたいよ」

これはリィの紛《まぎ》れもない本心だった。

クラウン・ハウスの生徒たちとはあっさり別れの挨拶を交わして、リィは寮を出た。

見送りは不要だと言ったのだが、ダグラスだけは自分の時間を犠牲にしてまで、リィが車に乗るまで付き添うと言い張った。

「おおげさだな。一人で平気だよ」

停車場まで歩くだけなんだからと呆れて言ったが、頑固なダグラスは聞こうとしない。

「車に乗るまでは見届ける。ぼくには監督生として、寮生の行き先を確認する義務がある」

「おれはもうクラウン・ハウスの寮生じゃないし、聖トマスの生徒でもないぞ」

「それでもだ。短い間とは言え、同じ寮で暮らした仲間だったことに変わりはない」

相変わらずぶっきらぼうな口調である。

しかし、ダグラスはリィが退学してしまうことに強い衝撃を受けているようだった。

それがリィには意外だった。

自分が学校から去れば、これ以上気まずい思いをすることもなくなって、ほっとするだろうと考えていたのだが、どうやら逆だったらしい。

車のところまで歩くと、ダグラスは何とも複雑な顔でリィを見下ろし、吐息とともに言った。

「……寂《さび》しくなるな」

「ダグラス」

リィは笑って右手を差し出した。

「いろいろありがとう。世話になった」

ダグラスはちょっと驚いたように眼を見張ったが、その手を取り、固い握手を交わしたのである。

「おれがここからいなくなるからって油断するなよ。ダグラスが今度何かしたら……」

「心配ない」

ダグラスは笑顔で言った。

「きみに恥じるようなことはしない。約束だ」


ミシェルは自分で自分の膝《ひざ》を抱えて蹲《うずくま》っていた。

どのくらいこうしているのかもわからない。

自分がどこにいるのかもわからない。

周囲は真っ暗だった。

何も見えない。何も聞こえない。

どうしてこんなところに一人でいるのか。

友達はどこに行ってしまったのか。そして何よりグレースはどうして自分を迎えに来てくれないのか。

何度も呼んだのに、どうして答えてくれないのか。

悲しくて、寂しくて、辛くて、一人で泣いていることしかできなかった。

膝を抱えて眼を塞《ふさ》いでいたはずなのに、真っ黒な世界に何か白いものがひらりと舞った。

驚いて顔を上げてみる。

最初は雪が降っているのかと思ったが、違った。

それは白い羽だった。

真っ暗だった世界がほんのりと明るく暖かくなり、

白い羽がふわふわと心地よく舞っている。

白い衣を着た人がミシェルを見下ろしていた。

きれいな人だった。瞳《ひとみ》はまるで青い宝石のようで、黒い髪が星をちりばめた銀河のように輝いている。

「こんにちは、ミシェル」

声が出なかった。

その人の背中にも白い羽が見えたような気がして、もしかしたら、この人は天使さまだろうかと思って見惚《みほ》れていると、天使は優しく言ってきた。

「あなたはいつまでここにいるつもりなの？」

「だって……出られないの。外には行けないのよ」

「どうして出られないの？」

ミシェルの顔が強ばった。

「外には……恐い人がいるの」

考えただけで身体が勝手に震えてくる。

ますますきつく膝を抱いたミシェルに、その人は耳を澄ますように促してきた。

「聞こえない？　グレースがあなたを呼んでるわ。あなたに会いたくて、あなたに帰ってきて欲しくて、グレースもずっと苦しんでいるのよ」

「わたくしだってグレースに会いたいわ！」

ミシェルの青い眼に新たな涙が盛り上がる。

「ずっと……ずっとグレースに会いたかったのに、どうして会いに来てくれないの？」

「グレースはあなたの傍《そば》にいるわ。あなたがこんな殻《から》の中に閉じこもっているから見えないだけよ」

そんなことを言われてもミシェルにはどうしたらいいかわからない。

途方に暮れていると、天使は悪戯っぽく微笑んで全然違うことを言ってきた。

「あたし、一つあなたに感心してることがあるのよ。グレースが男の子だってこと、よく誰にも言わずに黙っていられたわね？」

ミシェルはちょっと恥ずかしそうに頰《ほお》を染めて、同時に少し得意そうな口調で言った。

「当然よ。だって、グレースに憧《あこが》れて聖ソフィアに入学したんですもの」

　それは去年、学校が入学予定の女子を集めて開く説明会でのことだった。テニスの公開競技が行われ、当時はまだ現役の選手だったグレースの試合を見て、ミシェルは一目で心を奪われた。

　テニスは得意だったから、この学校へ入ってあの先輩に教わってみたいと強く思った。

「男の子だって気づいた時、どう思った？」

「驚いたわ。本当に。最初は……信じられなかった。それから……許せないと思った。だって、みんなを騙《だま》していたのよ。わたくしもよ。ひどいでしょう」

　今まで誰にも話せなかったことである。

　その秘密を天使が微笑みながら聞いてくれるのが嬉しくて、ミシェルは自分とグレースがどうやって親しくなっていったかを、いろいろと話し続けた。

　その話の合間に天使が尋ねてきた。

「あなたを騙していたグレースを懲《こ》らしめようとは思わなかったの？」

「いいえ、どうしてそんなこと？」

　ミシェルは本当に驚いて、天使を見つめ返した。

「グレースが悪いんじゃない。話を聞けばわかるわ。お家の都合で……仕方がなかったのよ。グレースの故郷はマースと違って、社交界の人たちでも、あの……乱暴なのよ。グレースの義理のお母さまの家も、すぐに暴力で物事を解決しようとするから……」

　迂闊《うかつ》なことをしたらグレースの命に関わる。

　ミシェルは幼いなりにグレースを守らなくてはと必死になったのだ。

「ミシェルはグレースが好き？」

「ええ――大好きよ」

「だから、あんなことをしたの？」

　天使は優しく微笑んでいるが、ミシェルは激しく狼狽《ろうばい》した。何のことを言われているかわかったのだ。

　耳まで真っ赤になった。

　さっきとは別の意味できつく膝を抱えて丸くなり、蚊の鳴くような声で、やっと言った。

「……グレースの、友達や後輩では、いやだったの。特別に、なりたかったのよ……」

「充分、特別よ。――だけど、グレースはあなたに嫌われたと思ってるわ。あなたがいつまでもこんなところで膝を抱えていて、ちっともグレースの声を聞いてくれようとしないから、あなたはもう自分のことが好きじゃないんだと思って泣いてるのよ」

ミシェルにとってそんな馬鹿げた話はなかった。

思わず立ち上がって叫んだ。

「そんな！　違うわ！　そんなの嘘《うそ》よ！」

「あたしは嘘は言わないわ。ほら――」

この真っ暗な世界でミシェルは初めて、闇の先にあるものに向かって意識を伸ばした。

（ミシェル……）

本当だ。誰かが呼んでいる。

これは自分の知っている声――大好きな人の声だ。

「聞こえるでしょう？　あっちよ」

優しい手がやわらかく背中を押してくれたような気がした。無我夢中でミシェルは走った。

恐い人のことなど、いつの間にか忘れていた。

早くグレースに会わなくてはとそればかり考えて、気がついた時には天井を見上げていた。

自分の眼が何を見ているのか、ぼんやりした頭でミシェルは思い出そうとしていた。

何だか変だ。

これは見慣れたミラー・ハウスの天井ではない。

だけど見覚えがある……マースの自分の家だ。

家の寝台に寝ていることは何となく理解したが、頭の中に霞《かすみ》が掛かっているようではっきりしない。

今まで何をしていたのか、どうして家にいるのか、いくら考えてもわからなかった。

確か、リンダと買い物に行ったのだ。

歌の発表会で着る衣裳《いしょう》を買った。白いレースのきれいな衣裳だった。

その後はグレースと待ち合わせて……。

グレースはどこにいるのだろう？

身動きしようとしたミシェルは誰かが自分の手を握っていることに気がついた。

嗚咽《おえつ》を堪《こら》えながら、しっかり自分の指を握って、枕元に顔を伏せている。

「グレース……」

小さな声で呼ぶと、その人ははっと顔を上げた。激しい驚愕《きょうがく》に見開かれたグレースの眼と、やっと覚醒したミシェルの眼と、二人の視線がしっかり絡み合った。

泣き腫《は》らしたグレースの眼に、涙の伝うその頬に、みるみる歓喜が広がっていく。

「ミシェル……よかった！　戻ってきたのね！」

「グレース……どうして、わたくしの家にいるの？　歌の発表会は……？」

グレースは泣きじゃくるばかりで答えられない。

この時、ミシェルの母親が病室に入って来た。

娘が正気の眼で自分を見ていることに気づいて、母親は悲鳴を上げて花瓶を取り落とした。

Rika S

あとがき

今回は小さい人たちが活躍する話です。

書いてみるまで予想がつかないのはいつものことですが、書き上げた今、たとえるならミニモスラが三匹？　と思ってます。小さいのがひらひら飛び回って怪光線を発するのを、後ろのほうで巨大な赤黒のゴジラが暖かく見守っている……そんな感じです。

楽しかったのですが、強いて言うならミニモスラに集中した分、赤黒ゴジラがあんまり活躍してくれなかったのが、我ながら心残りですね。そんなわけで、あくまで予定ですが、次回は赤黒ゴジラの話になるといいなと思ってます。

——とまあ、ここでは何だか余裕を感じさせることを書いていますが、実際は毎度毎度、まさに綱渡りの自転車操業が続いています。

今回も作者は思い通りに進まない状況に暴れに暴れ、原稿は遅れに遅れました。

その頃になると、入稿を待つ会社では、担当さんが、

「原稿が来ない～、まだ来ない～、原稿～」

と、虚《うつ》ろに呟《つぶや》きながら社内を徘徊《はいかい》するそうです。『原稿まだ来ないお化け』の出現です。

そもそも理華《りか》さんのコミック版『嘆きのサイレン2』の後書きで、作者は、

「死なない程度にしてるから」

という人とも思えない台詞《せりふ》を吐いていますが、ええ、まさしくこの通りです……。

こんなに極悪非道な作者の面倒を見る羽目になっている担当さんは、周囲の人たちからさぞかし同情されていることだろうと作者は思っていたのですが、ご本人曰《いわ》く。

「みんな爆笑するだけで、ちっとも同情してくれないんです！」

それもまた、お気の毒です……。

さらには、社内のとある部の部長さんが、さらっと、

「いいんじゃない？　だって、死ぬのは作者と担当だけでしょ」

とのたまわれたとか。

作者が現場にいて、シェラのような長い髪を持っていたら、きっとこの部長さんの首をきりきりと絞め上げていたことでしょう。

何故って、自分たちだけ死ぬのはいやだからです。道連れ（巻き添え）が欲しいです。

そして理華さんのコミック版『嘆きのサイレン3』が、来年三月に刊行予定です。

理華さんは作者のような極道はしませんから、間違いなく発行されます。

あのシーンとか、このシーンとか、今からとても楽しみです。

茅田砂胡

参考文献

アメリカのスーパーエリート教育　石角完爾　The Japan Times
パブリック・スクールからイギリスが見える　秋島百合子　朝日新聞社

ご感想・ご意見をお寄せください。

イラストの投稿も受け付けております。

なお、投稿作品をお送りいただく際には、編集部
(tel:03-3563-3692、e-mail:cnovels@chuko.co.jp)

まで、事前に必ずご連絡ください。

〒104-8320　東京都中央区京橋2-8-7
中央公論新社　C★NOVELS編集部

C★NOVELS Fantasia

ソフィアの正餐会《せいさんかい》
——クラッシュ・ブレイズ

2006年11月25日　初版発行

著　者　茅田《かやた》 砂胡《すなこ》

発行者　早川 準一

発行所　中央公論新社
〒104-8320　東京都中央区京橋2-8-7
電話　販売 03-3563-1431　編集 03-3563-3692
URL http://www.chuko.co.jp/

印　刷　三晃印刷（本文）
大熊整美堂（カバー・表紙）

製　本　小泉製本

Published by CHUOKORON-SHINSHA, INC.
Printed in Japan　ISBN4-12-500962-7 C0293

応募規定

❶原稿：必ずワープロ原稿で40字×40行を1枚とし、80枚以上100枚まで（400字詰め原稿用紙換算で300枚から400枚程度）。プリントアウトとテキストデータ（FDまたはCD-ROM）を同封してください。

【注意!!】プリントアウトには、通しナンバーを付け、縦書き、A4普通紙に印字のこと。感熱紙での印字、手書きの原稿はお断りいたします。データは必ずテキスト形式。ラベルに筆名・本名・タイトルを明記すること。

❷原稿以外に用意するもの。

ⓐエントリーシート
（http://www.chuko.co.jp/cnovels/cnts/cnts.pdf より ダウンロードし、必要事項を記入のこと）

ⓑあらすじ（800字以内）

❷のⓐⓑと原稿のプリントアウトを右肩でクリップなどで綴じ、❶❷を同封し、お送りください。

応募資格

性別、年齢、プロ・アマを問いません。

選考及び発表

C★NOVELSファンタジア編集部で選考を行ない、大賞及び優秀作品を決定。2008年3月中旬に、以下の媒体にて発表する予定です。

●中央公論新社のホームページ上→http://www.chuko.co.jp/

●メールマガジン、当社刊行ノベルスの折り込みチラシ及び巻末

注意事項

●複数作品での応募可。ただし、1作品ずつ別送のこと。

●応募作品は返却しません。選考に関する問い合わせには応じられません。

●同じ作品の他の小説賞への二重応募は認めません。

●未発表作品に限ります。但し、営利を目的とせず運営される個人のウェブサイトやメールマガジン、同人誌等での作品掲載は、未発表とみなし、応募を受け付けます（掲載したサイト名、同人誌名等を明記のこと）。

●入選作の出版権、映像化権、電子出版権、および二次使用権など発生する全ての権利は中央公論新社に帰属します。

●ご提供いただいた個人情報は、賞選考に関わる業務以外には使用いたしません。

締切

2007年9月30日（当日消印有効）

あて先

〒104-8320 東京都中央区京橋2-8-7
中央公論新社『第4回C★NOVELS大賞』係

主催・C★NOVELSファンタジア編集部

刻印の魔女

藤原瑞記

魔女ウォレスに弟子入りしたトリシャは、忽然と姿を消した師匠を追い、旅に出た。時を同じくして、辺境では魔導士による殺戮事件が起こり――⁉ 第一回ＣＮ大賞受賞者の受賞第一作登場！

ISBN4-12-500945-7 C0293　価格945円（900）

カバーイラスト　深遊

聖者の異端書

内田響子

結婚式の最中に消えた夫を取り戻すため、わたしは幼馴染の見習い僧を連れて城を飛び出した――封印された手稿が語る「名も無き姫」の冒険譚！ 第一回Ｃ★ＮＯＶＥＬＳ大賞特別賞受賞作。

ISBN4-12-500909-0 C0293　価格945円（900）

カバーイラスト　岩崎美奈子

煌《こう》夜《や》祭《さい》

多崎礼

ここ十八諸島では冬至の夜、漂泊の語り部たちが物語を語り合う「煌夜祭」が開かれる。今年も、死なない体を持ち、人を喰う魔物たちの物語が語られる――第２回Ｃ★ＮＯＶＥＬＳ大賞受賞作！

ISBN4-12-500948-1 C0293　価格945円（900）

カバーイラスト　山本ヤマト

ヴェアヴォルフ

オルデンベルク探偵事務所録

九条菜月

20世紀初頭ベルリン。探偵ジークは、長い任務から帰還した途端、人狼の少年エルの世話のみならず、新たな依頼を押し付けられる。そこに見え隠れする人狼の影……第２回Ｃ★ＮＯＶＥＬＳ大賞特別賞！

ISBN4-12-500949-X C0293　価格945円（900）

カバーイラスト　伊藤明十